Biblioteca
Enrique Jardiel Poncela

ELOÍSA ESTÁ DEBAJO DE UN ALMENDRO

De

Enrique Jardiel Poncela

Editado por: Joaquín Esteban
ISBN-13: 978-1499361469
ISBN-10: 1499361467

Primera edición: 2014
Segunda edición: 2017

INDICE:

Prólogo

Unos momentos antes de levantarse el telón se apagan las luces. Al alzarse el telón aparece una pantalla de «cine» y en ella se proyecta un cristal que dice: «Descanso. Bar en el principal.» Al cabo de breves momentos la proyección desaparece, y, al hacerse de nuevo la luz, empieza el prólogo.

Telón corto en las primeras cajas, que representa la pared del fondo del salón de un cinematógrafo de barrio. Puerta practicable en el centro del foro, con cortinajes y forillo oscuro. A ambos lados de la puerta, en las paredes, lucecitas encarnadas y dos cartelitos idénticos, en los que se lee: «AVISO: La Empresa ruega al público que en caso de incendio salga sin prisa, siguiendo la dirección de la flecha».

Delante del telón corto, casi tocando con él, una fila de butacas que figura ser la última del «cine» cortada en el centro por el pasillo central, del cual se ve el paso de alfombra. Las butacas del supuesto «cine» tienen, naturalmente, el respaldo hacia el telón corto y dan frente a la batería; hay siete a cada lado; las de la derecha son las impares, y las de la izquierda, las pares. El pasillo central del «cine» avanza hacia la concha del apuntador y hacia el verdadero pasillo del teatro donde la comedia se representa.

Al encenderse las luces definitivamente, se hallan en escena, ocupando la fila de butacas, el NOVIO, la

NOVIA, la MADRE, el DORMIDO, la SEÑORA, el MARIDO, el AMIGO, MUCHACHA 1ª, MUCHACHA 2ª, JOVEN 1° y JOVEN 2°; y en pie, en el pasillo central, el ACOMODADOR y siete ESPECTADORES. El NOVIO, que es un muchacho de veinte o veintidós años, con aire de oficinista modesto, ocupa la butaca número 1, y la NOVIA, una chica también modestita, de su misma edad, la número 2, de forma que se hallan separados por el pasillo. La MADRE, una señora cincuentona, está sentada junto a su hija en la butaca número 4. La MUCHACHA 1ª, que es muy linda, de unos treinta años, y que tiene cierto aire de tanguista, ocupa la número 6, y la MUCHACHA 2ª , también bonita y también de aire equívoco, la butaca número 8. En las butacas 10 y 12 están instalados la SEÑORA, una buena mujer de la clase media inferior, de unos cuarenta años, y el MARIDO, de su misma filiación y algo mayor de edad. El AMIGO, que es igualmente un tipo vulgarote, comerciante o cosa parecida, se sienta en la butaca 14. Las números 3, 5 Y 7 aparecen vacías. En un brazo de la 9 está medio reclinado, medio sentado, el JOVEN 1°; la 11 la ocupa el JOVEN 2°; ambos tienen alrededor de treinta años y son dos obreros endomingados. Por último, en la butaca número 13 ronca el DORMIDO, un tío feo que parece abotargado. En la puerta, en pie, de cara al público, de uniforme, está el ACOMODADOR; y en pie también, dando la espalda al público, siete ESPECTADORES, todos hombres de distintas edades, que con las pitilleras o las cajetillas en las manos, se disponen a hacer mutis por el foro y a fumarse un cigarro en el vestíbulo, adonde simula conducir la puerta.

Los ESPECTADORES van desfilando hacia el foro, mirando a todos, como si se hubieran puesto de acuerdo para ello, y con ojos de hambre, a las dos MUCHACHAS de las butacas 6 y 8. El NOVIO y la NOVIA intentan en vano hablarse de un lado a otro del pasillo por entre los espectadores que lo llenan.

EMPIEZA LA ACCIÓN

ESPECTADOR 4º.– ¡Vaya mujeres! *(Al otro.)* ¿Has visto?

ESPECTADOR 5º.– ¡Ya, ya! ¡Qué mujeres! *(Hacen mutis por el foro lentamente.)*

ESPECTADOR 6º.– ¡Vaya mujeres! *(Se va por el foro)*

ESPECTADOR 1º.– ¡Menudas mujeres!

ESPECTADOR 2º.– *(Al 1º)* ¿Has visto qué dos mujeres?

ESPECTADOR 1º.– Eso te iba a decir, que qué dos mujeres... *(Se vuelven hacia el ESPECTADOR 3º, hablando a un tiempo.)*

ESPECTADORES 1º y 2º.– ¿Te has fijado qué dos mujeres?

ESPECTADOR 3º.– Me lo habéis quitado de la boca. ¡Qué dos mujeres! *(Se van los tres por el foro)*

MARIDO.– *(Aparte, al* AMIGO, *hablándole al oído.)* ¿Se da usted cuenta de qué dos mujeres?

AMIGO.– ¡Ya, ya! ¡Vaya dos mujeres!

ACOMODADOR.– *(Mirando a las* MUCHACHAS.) ¡Mi madre, qué dos mujeres!

ESPECTADOR 7°.– *(Pasando ante las* MUCHACHAS.) ¡Vaya mujeres! *(Se va por el foro.)*

MUCHACHA 1ª.– *(A la 2ª, con orgullo y satisfacción.)* Digan lo que quieran, la verdad es que la gracia que hay en Madrid para el piropo no la hay en ningún lado...

MUCHACHA 2ª.– *(Convencida también.)* En ningún lado, chica, en ningún lado.

NOVIA.– *(Aparte, rápidamente al* NOVIO, *que sigue inclinado sobre el pasillo, haciendo puente para hablarle.)* ¡Chis, estate quieto, que te va a ver mi madre!... *(Mira temerosa a la* MADRE, *que en ese momento se halla mirando impertinentemente a las dos* MUCHACHAS. *Se oye roncar al* DORMIDO.)

JOVEN 1°.– *(Al* JOVEN 2°, *refiriéndose al* DORMIDO.) Ahí lo tienes: sincronizando todas las películas...

NOVIO.– *(A la* NOVIA, *dándole un periódico que se saca del bolsillo.)* Toma, dale a tu madre este periódico mexicano que he cogido en la oficina. Trae crimen.

NOVIA.– ¿Que trae crimen? ¡Anda, qué bien! Así nos dejará tranquilos... *(Siguen hablando aparte.)*

JOVEN 2°.– *(Al* JOVEN 1°) ¿Y cómo tú aquí tan lejos de tu barrio?

JOVEN 1°.– Por ver a la Greta y a «Robert Tailor». No tengo dinero pa ir cuando las echan en el centro... y yo de «Tailor» no me pierdo una... ¡Qué tío! ¿Cómo se las arreglará pa tener el pelo tan rizao? Un dedo daba yo por tenerlo igual.

JOVEN 2°.– Pues haz lo que Manolo, el encargao del bar Nueva York, que tenía el pelo tan liso como una foca, y en un mes se le ha puesto que parece que lleva la permanente.

JOVEN 1°.– Y ¿qué es lo que ha hecho el Manolo pa ondularse?

JOVEN 2°.– Se lo untaba bien untao con fijador y luego se tiraba de cabeza contra los cierres metálicos del establecimiento.

JOVEN 1°.– ¡Ahí va, qué sistema!

JOVEN 2°.– Pues aguantando el cráneo, no falla. *(Hablan aparte.)*

NOVIA.– Tome, madre: un periódico mexicano que me he encontrao esta mañana en el taller. Se lo he guardao a usté porque trae crimen. *(Le da el periódico.)*

MADRE.– ¿Que trae crimen? *(Lo coge con ansia.)*

NOVIA.– Entero y con tos los detalles.

MADRE.– ¡Qué alegría me das! Porque como desde hace una porción de tiempo los periódicos nuestros no traen crímenes, me se va a olvidar el leer. ¿Dónde está el crimen? *(Mirando el periódico.)* Esto debe de ser... *(Leyendo.)* «Tranviario mordido por un senador.»

NOVIA.– Eso no es, madre. Esos son «ecos de sociedá». El crimen está más abajo. Ahí... *(Señala con el dedo en el periódico.)*

MADRE.– ¡Ah, sí! Aquí está. *(Leyendo.)* «Un hombre mata a una mujer sin motivo justificao.» *(Dejando de leer.)* ¡Qué bruto! Mira que matarla sin motivo justificao... *(Volviendo a leer.)* «El criminal atacando a su víctima. Fotografía tomada por nuestro redactor gráfico, que llegó al lugar del crimen tres minutos antes de cometerse éste.» *(Dejando de leer de nuevo.)* ¡Lo que debe ser! Y no llegar cuando ya ha pasao to, que nunca se entera una bien de cómo ha ocurrido la cosa... *(Se abisma en la lectura del periódico. Los* NOVIOS *aprovechan para cuchichear a través del pasillo. Se oye roncar al* DORMIDO.)

JOVEN 2º.– *(Al* JOVEN 1º) Nosotros estamos ahí delante; ya no hemos encontrao más que la fila tres, y, además, nos han dao unas butacas muy laterales, de esas que hacen ver la película de perfil; tos los personajes me se antojan el traidor. *(Un* BOTONES, *de seis o siete años, aparece en la puerta del foro llevando un cestillo de bombones y caramelos. Los* JÓVENES *siguen hablando aparte.)*

BOTONES.– *(Voceando desde la puerta.)* ¡Bombones y caramelos! ¡Tengo pralinés!

MUCHACHA 2ª.– *(A la* MUCHACHA 1ª) ¿Qué me dices? Chica, pues no lo sabía. Oye: ¿y es hombre de mucha edá?

MUCHACHA 1ª.– Cincuenta años.

MUCHACHA 2ª.– ¿Casao?

MUCHACHA 1ª.– Sí; pero no se habla con la mujer.

MUCHACHA 2ª.– ¿Están regañaos?

MUCHACHA 1ª.– No. Que ella se quedó afónica de una gripe.

MUCHACHA 2ª.– ¿Y es rico?

MUCHACHA 1ª.– De lo más.

MUCHACHA 2ª.– ¿Te da mucha lata?

MUCHACHA 1ª.– Mujer... pues lo corriente.

MUCHACHA 2ª.– Y ¿cuánto te pasa al mes?

MUCHACHA 1ª.– Once duros.

MUCHACHA 2ª.– *(Con irritación mal disimulada.)* ¡Hija!... Yo no sé dónde encontráis esas gangas... *(Siguen hablando aparte.)*

BOTONES.– ¡Bombones y caramelos! ¡Tengo pralinés! ¡Tengo pralinés! *(Con gesto desalentado.)* Na... Como si tuviera reuma...

ACOMODADOR.– Pero, muchacho, no te estés en la puerta, que aquí no te oyen. Vocea por el salón, que hay eco.

BOTONES.– ¿Pa qué? Si en estos cines de barrio trabajar el bombón es inútil. Aquí to lo que no sea trabajar el cacahué, el altramuz, la pilonga y la pipa de girasol, que cuando la guerra entró muy bien en el mercao...

ACOMODADOR.– Y ¿por qué no trabajas el cacahué, la pipa, el altramuz y la pilonga?

BOTONES.– Porque la empresa me lo tiene prohibido. ¿No ve usté que es mercancía dura? Pues se lían tos a mascar y no se oye la película. *(Durante estos diálogos, el* DORMIDO *de la butaca 13 ha ido deslizándose y cayendo poco a poco hacia su derecha, de tal modo que en este momento se halla materialmente derrumbado sobre el* JOVEN 1°, *el cual soporta su peso con resignación. El* BOTONES *se va por el foro)*

JOVEN 2°.– *(Al* JOVEN 1°) ¿Salimos a fumar un pito?

JOVEN 1°.– ¿Ties mucho interés en que salga yo?

JOVEN 2°.– Pchs... Mucho, lo que se dice mucho...

JOVEN 1°.–Pues entonces vete tú solo, porque, si me levanto, se va a caer al suelo aquí... *(Señala con un gesto al* DORMIDO.) Y se va a romper las narices...

JOVEN 2°.– Pues que se las rompa... ¡Vamos, chico! Encima que te ha tomao a ti de almohadón...

JOVEN 1º.– Hombre, es que...

JOVEN 2º.– ¡Ni hombre ni na! Dale ya un lique y quítatelo de encima.

JOVEN 1º.– No me parece bien...

JOVEN 2º.– Pero ¿cómo que no te parece bien? Pues no te has vuelto tú poco delicao...

JOVEN 1º.– Es que es mi padre.

JOVEN 2º.– ¡Arrea! No lo sabía. Entonces, claro... *(Quedan hablando aparte.)*

SEÑORA.– Es lo que yo digo: que hay gente muy mala por el mundo...

AMIGO.– Muy mala, señora Gregoria.

SEÑORA.– Y que a perro flaco to son pulgas.

AMIGO.– También.

MARIDO.– Pero, al fin y al cabo, no hay mal que cien años dure, ¿no cree usted?

AMIGO.– Eso, desde luego. Como que después de un día viene otro, y Dios aprieta, pero no ahoga.

MARIDO.– ¡Ahí le duele! Claro que agua pasá no mueve molino, pero yo me asocié con el Melecio por aquello de que más ven cuatro ojos que dos y porque lo que uno no piensa al otro se le ocurre. Pero de casta le viene al galgo el ser rabilargo; el padre de Melecio siempre ha sido de los de quítate tu pa ponerme yo, y de tal palo tal astilla, y genio y figura hasta la sepultura. Total: que el tal Melecio empezó a asomar la oreja, y yo a darme cuenta, porque por el humo se sabe dónde está el fuego.

AMIGO.– Que lo que ca uno vale a la cara le sale.

SEÑORA.– Y que antes se pilla a un embustero que a un cojo.

MARIDO.– Eso es. Y como no hay que olvidar que de fuera vendrá quien de casa te echará, yo me dije, digo: «Hasta aquí hemos llegao; se acabó lo que se daba; tanto va el cántaro a la fuente, que al fin se rompe; ca uno en su casa y Dios en la de tos; y a mal tiempo buena cara, y pa luego es tarde, que reirá mejor el que ría el último.»

SEÑORA.– Y los malos ratos, pasarlos pronto.

MARIDO.– ¡Cabal! Conque le abordé al Melecio, porque los hombres hablando se entienden, y le dije: «Las cosas claras y el chocolate espeso: esto pasa de castaño oscuro, así que cruz y raya, y tú por un lao y yo por otro; ahí te quedas, mundo amargo, y si te he visto, no me acuerdo.» Y ¿qué le parece que hizo él?

AMIGO.– ¿El qué?

MARIDO.– Pues contestarme con un refrán.

AMIGO.– ¿Que le contestó a usté con un refrán?

MARIDO.– *(Indignado.)* ¡Con un refrán!

SEÑORA.– *(Más indignada aún.)* ¡Con un refrán, señor Eloy!

AMIGO.– ¡Ay, qué tío más cínico!

MARIDO.– ¿Qué le parece?

SEÑORA.– ¿Será sinvergüenza?

AMIGO.– ¡Hombre, ese tío es un canalla, capaz de to! *(Siguen hablando aparte.)*

MUCHACHA 2ª.– *(A la* MUCHACHA 1ª) Pues di que has encontrao una perla blanca, chica...

MUCHACHA 1ª.– La verdá...; no es oro to lo que reluce, ¿sabes? Tie un defezto muy feo.

MUCHACHA 2ª.– Mujer, algún defezto había de tener el hombre. ¿Y qué le ocurre?

MUCHACHA 1ª.– Que es de lo más sucio y de lo más desastrao.

MUCHACHA 2ª.– Bueno; pero eso con paciencia y asperón...

MUCHACHA 1ª.– Tratándose de Felipe, no basta. Porque tú no te pues formar una idea de lo cochinísimo que es. En los últimos Carnavales, pa disfrazarse, se puso un cuello limpio y no le conoció nadie.

MUCHACHA 2ª.– ¡Qué barbaridá! *(Siguen hablando aparte.)*

JOVEN 2º.– *(Al* JOVEN 1º) Pues, hombre, levántate con tiento, sube el brazo de la butaca y pon a tu padre apaisao.

JOVEN 1º.– Oye: me has dao una idea... *(Se levanta procurando no despertar al* DORMIDO, *sube el brazo intermedio de la butaca y tumba en los dos asientos al* DORMIDO.) Así, apaisao, tan ricamente.

JOVEN 2º.– ¿No lo ves? *(Dándole un cigarrillo y quedándose él con otro.)* Y ahora, nosotros, a echar humo. Toma. *(Van ambos hacia la puerta del foro, donde encienden los cigarrillos.)*

SEÑORA.– *(Al* AMIGO, *refiriéndose al* MARIDO.) Que éste es muy confiao con to el mundo...

MARIDO.– *(Al* AMIGO.) Pero, hombre, señor Eloy, un tipo como el Melecio, que lo conozco desde chico y que si no le tuve en las rodillas fue por no desplancharme el pantalón...

AMIGO.– Sí, sí... Pues ya ve usted. *(Siguen hablando aparte.)*

NOVIO.– *(A la* NOVIA, *siempre a través del pasillo.)* La cuestión es que puedas salir mañana domingo.

NOVIA.– Probaré a ver.

NOVIO.– Porque si pudieras salir, yo te esperaría en la esquina del bulevar y nos iríamos a pasar la tarde a casa de una tía mía.

NOVIA.– Pero ¿no dices que eres solo en el mundo?

NOVIO.– Bueno, mujer; pero una tía la tiene cualquiera. *(Siguen cuchicheando a través del pasillo. En ese instante, en la puerta del foro, donde sólo están ya el* ACOMODADOR *y los* JÓVENES 1° y 2°, *aparecen los* ESPECTADORES 1°, 2° y 3° *un poco nerviosos, con los cigarrillos encendidos y mirando hacia atrás, como si vieran venir algo extraordinario de la parte del vestíbulo.)*

ESPECTADOR 1°.– Venir pa cá, que desde aquí la veremos mejor...

ESPECTADOR 2°.– ¡Qué burrada! ¿Os habéis fijao?

ESPECTADOR 3°.– Cosa de película, Damián.

ESPECTADOR 1°.– «Metro Golduin» puro.

ESPECTADOR 2°.– ¿Y el revuelo que se ha armao ahí fuera?...

ESPECTADOR 1°.– ¡A ver cómo no se va a armar!

JOVEN 1°.– *(A los* ESPECTADORES.) ¿Ocurre algo?

JOVEN 2º.– ¿Qué pasa?

ESPECTADOR 1°.– ¿Que qué pasa? Miren ustés pa allá *(Señala hacia adentro.)* y agárrense uno a otro que les va a hacer falta pa no caerse.

JOVEN 1°.– *(Mirando hacia adentro; en el colmo del estupor.)* ¡Mi padre!

JOVEN 2º.– *(Igual que el otro.)* ¡El padre de éste!

JOVEN 1°.– ¡Qué bruto!

JOVEN 2º.– ¡Qué bárbaro!

ACOMODADOR.– *(Asomándose.)* ¿A ver?... *(Anonadado.)* ¡Ahí va! *(El* BOTONES *entra rápidamente, muy emocionado.)*

BOTONES.– *(Al* ACOMODADOR.) ¡Público de bombón, señor Emilio!... Si no me estreno hoy, ya no me estreno.

JOVEN 1°.– ¡Es imponente!

JOVEN 2º.– Pero ¿de dónde ha salido ese disparate?

ESPECTADOR 1°.– De un coche blanco que ocupa toa la calle. Lo trae ella misma. Viene con otra, que se ha quedao cerrando el coche. Las hemos visto llegar desde la cristalera del vestíbulo.

JOVEN 2º.– ¿Y la otra es igual?

ESPECTADOR 2º.– Pero ¿cómo va a ser igual?

ESPECTADOR 1º.– ¿Usté se cree que como esa mujer va a haber dos en el mismo país sin que lo digan los periódicos?

JOVEN 1º.– ¡Caballeros, qué señora!

ESPECTADOR 3º.– De lo que no se ve gratis.

ESPECTADOR 1º.– Limpiarse los ojos, que ahí viene.

ACOMODADOR.– ¡Ya está aquí!... Pues ¿no me estoy poniendo azarao de verla acercarse?

BOTONES.– Y es pa ponerse, señor Emilio.

(Otros dos o tres espectadores aparecen en la puerta, siempre mirando hacia atrás, y quedan con las espaldas pegadas al forillo, absortos, igual que los otros, abriendo calle a alguien que avanza hacia allí por momentos. Ese alguien es MARIANA, *y al verla, la expectación y el revuelo producidos por ella entre aquel público humilde quedan sobradamente justificados.* MARIANA *es una muchacha de veinte o veintidós años, extraordinariamente distinguida y elegante hasta el refinamiento. Viste un traje de noche precioso, que seguramente llevado por otra no lo sería tanto, y va perfumada de un modo exquisito. Todo en su porte, sus ademanes, sus movimientos, sus gestos, el pálido semblante y las manos delicadas, revela la nobleza del*

nacimiento, y el fulgor de sus ojos, su voz y esa radiación inmaterial y misteriosa que despiden los seres excepcionales denuncian en ella un espíritu singular, original, propio, un poco fantástico, y siempre y en todo caso, raramente selecto. Se trata del último brote de una familia aristocrática, y si para lograr una verdadera mano de duquesa son precisas seis generaciones, para formar a MARIANA *de arriba abajo, han sido necesarios siglos enteros. Con los nervios siempre tensos, el alma continuamente alerta; con el corazón dócil hasta la mínima emoción y la sensibilidad en carne viva a todas horas; vibrando con el menor choque, empujada y arrastrada por la más leve brisa espiritual, reaccionando en el acto y de un modo explosivo frente a los seres y frente a los acontecimientos,* MARIANA, *más que una muchacha, es una combinación química. Su entrada en el «cine» de barrio, por lo elegante de su atavío, lo singular de su belleza y la fascinación que de ella se desprende, produce una especie de pasmo y de estupor. Las conversaciones callan cuando se detiene en la puerta; todo el mundo vuelve la cabeza para mirarla, y hay unos instantes de pausa expectante y emocionada. Las primeras frases son pronunciadas en voz baja.)*

MUCHACHA 1ª.– *(Con admiración, a su amiga.)* Fíjate, tú...

MUCHACHA 2ª.– *(Igualmente admirada.)* ¡Ahí va!

SEÑORA. – *(Con asombro y cierto rencor.)* ¡Huy!, ¡qué barbaridad!

MADRE. – ¡Vaya un empaque!

NOVIO. – *(Maravillado.)* ¡Aguanta!

MARIDO. – *(Guiñándole un ojo al* AMIGO *y a espaldas de la* SEÑORA.) ¿Se da usté cuenta?

AMIGO.– Ya, ya... No pierdo la onda.

JOVEN 1º.– *(Al 2º)* ¡Y cómo huele, Joaquín!

(Tras la breve pausa, MARIANA *busca con la vista un acomodador.)*

MARIANA.– ¿Acomodador? *(Al oírla, todos los hombres de la puerta se movilizan buscando al* ACOMODADOR *y sin verle.)*

JOVEN lº.– ¡Acomodador!

JOVEN 2º.– ¡Acomodador!

ESPECTADOR lº.– ¡A ver, acomodador!

ESPECTADOR 2º.– ¡Acomodador!

ACOMODADOR.– *(Saliendo de detrás del grupo, y llamando también hacia adentro.)* ¡Acomodador! ¡Acomodador!

ESPECTADOR lº.– *(Encarándose con él.)* Pero oiga, ¿el acomodador no es usté?

ACOMODADOR.– ¡Arrea! Pues es verdá... ¡Pues estoy yo bueno! *(Yendo rápidamente hacia* MARIANA.) Perdone usté, señorita. ¿A ver la localidá? *(Le coge la entrada.)* Pase usté por aquí. *(Baja el asiento de la butaca 5.)* Ésta es. Aguarde a que la limpie, que si no se va a poner usté tibia... *(Saca un pañuelo y limpia el asiento.)* ¡Así! Y espere a ver si se hunde, porque las hay que fallan... *(Se sube con un pie en la butaca y salta un poco sobre ella; la fila se mueve y el* DORMIDO *se cae al suelo.)*

MARIANA.– *(Dando un ligero grito.)* ¡Ay!

ACOMODADOR.– No, no es na, señorita. Ya se enderezará. Siéntese usté sin ningún cuidao, que es de las buenas.

MARIANA.– Gracias. *(Se sienta en la butaca 5. El* DORMIDO *se levanta gruñendo y se sienta en la butaca 11.)*

JOVEN 2º.– Por fin se ha caído al suelo tu padre.

JOVEN 1º.– Claro; en cuanto que la ha visto. *(Se sitúan entre la fila y la pared del fondo, detrás de la butaca 11, a contemplar a* MARIANA *a su gusto. El* JOVEN 2° *se apoya en la butaca 9, de codos, para verla mejor.)*

BOTONES.– *(Al* ACOMODADOR, *con extrañeza.)* ¿No le ha dao a usté propina, señor Emilio?...

ACOMODADOR.– ¡Propina! ¡A ver si crees tú que la gente elegante va a estar en esos detalles!

NOVIA.– *(Al* NOVIO, *que está embobado contemplando a* MARIANA, *furiosa.)* ¡Oye! ¡Se ha acabao ya el mirarla! ¿Te enteras?

NOVIO.– Pero ¿la miraba yo?

NOVIA.– ¡Claro está que la mirabas! *(Hablan aparte.)*

MUCHACHA 2ª.– *(Herida por la presencia de* MARIANA, *a la otra.)* Chica, qué lujo...

MUCHACHA 1ª.– Y no se da pote ni na...

MUCHACHA 2ª.– Demasiado.

MUCHACHA 1ª.– Como que te iba a decir, si te parecía que nos saliéramos ahí fuera hasta que empiece...

MUCHACHA 2ª.– *(Levantándose.)* Pues ya está.

MUCHACHA 1ª.– *(Levantándose también y yendo con la otra hacia el foro.)* Porque, si no, a lo mejor nos deslumbramos y se nos estropean los ojos... *(Se van ambas por la puerta del fondo.)*

SEÑORA.– *(Al* MARIDO, *que tampoco aparta la vista de* MARIANA.) ¿Y tú qué miras, boceras?

MARIDO.– Simple curiosidá.

AMIGO.– Simple curiosidá, señora Gregoria; igual que yo.

SEÑORA.– Usté pue tener curiosidá y tirarse a un pozo si quiere; pero éste va a sacar ahora mismo el Madriz.

MARIDO.– Bueno, mujer, bueno. *(Saca, en efecto, un ejemplar de Madrid y se pone a leerlo extendido. Aparte, al* AMIGO.) Siempre que hay alguna mujer guapa cerca, me toca ilustrarme...

JOVEN 1°.– No siendo en fotografía, nunca había visto una cosa igual.

JOVEN 2°.– Como que es una mujer que quita el sueño.

DORMIDO.– Al que no lo tenga, que lo que es a mí... *(Se arrellana en la butaca y vuelve a dormirse.)*

BOTONES.– *(Paseándose por detrás de* MARIANA, *sin dejar de observarla.)* ¡Bombones y caramelos! ¡Tengo pralinés! *(Moviendo la cabeza con melancolía.)* Me parece que hoy no es público de bombón ni el público de bombón... *(Se retira hacia el foro. Los* ESPECTADORES *y el* ACOMODADOR, *formando un grupo compacto, se han apiñado en el espacio del pasillo central, fijas las miradas en* MARIANA, *como quien contempla un monumento recién inaugurado. La* MADRE, *la* SEÑORA, *los* JÓVENES, *el* AMIGO *y la* NOVIA *tampoco le quitan ojo; el* NOVIO *le lanza siempre que puede miradas furtivas, y el* MARIDO *la contempla por un agujero que ha hecho con un dedo en el periódico.* MARIANA, *por su parte, parece ajena a todo aquel interés; ha apoyado un codo en el brazo de la butaca y la barbilla en la mano y ha quedado abstraída y ensimismada. En este momento, por el foro, entra* CLOTILDE, *una dama de cuarenta y cinco años, vestida también con «toilette» de noche, tan elegante y distinguida como* MARIANA *y unida a ella por un indudable aire de familia; igualmente inteligente, habiendo coexistido en los mismos medios sociales y mucho más vivida,* CLOTILDE *no tiene, en cambio, su belleza, ni su sensibilidad agudísima, ni su vibrante personalidad ni -en suma- su fascinación. También* CLOTILDE *da una cierta sensación de ser extraño, de producto raro, de criatura poco común, pero en ella estas características están más esfumadas y más pálidas, de suerte que* CLOTILDE *roza, a veces, lo corriente y lo normal, mientras que* MARIANA *no desciende a lo normal y a lo corriente nunca. Para resumir: en la escala biológica que va hacia el refinamiento y hacia lo excepcional,* CLOTILDE *ocupa el mismo tramo que* MARIANA *pero colocada cinco peldaños más abajo. Al entrar,* CLOTILDE *se ve bloqueada por el grupo de mirones, y unos instantes intenta llegar hasta la butaca de* MARIANA *inútilmente. El* BOTONES *se le acerca rápidamente en cuanto la ve.)* ¡Bombones y caramelos! ¡Tengo pralinés!

CLOTILDE.– Haces bien, nene. *(A los del grupo que la cierra el paso.)* ¿Tienen la bondad? ¿Me permiten que pase a la butaca de al lado y así podrán mirarme a mí también? *(El* BOTONES *se va lentamente por el foro.)*

ESPECTADORES.– ¿Eh? *(Abren calle sorprendidos.)*

CLOTILDE.– Muchas gracias. *(Pasa por entre ellos y ocupa la butaca 3.)* Siempre el mismo éxito entre las clases populares. Te felicito, Mariana.

ACOMODADOR.– ¿Me hace usté el favor de la entrada, señora?

CLOTILDE.– *(Dándosela.)* Sí, hijo, ¿cómo no? Aquí la tiene: fila veintiséis, número tres. ¿Quiere que se la firme?

ACOMODADOR.– *(Estupefacto.)* ¿Que me la firme?

CLOTILDE.– *(Señalando al grupo de* ESPECTADORES.) Por si alguno de estos señores colecciona autógrafos.

ACOMODADOR.– *(Sin entender.)* ¿Cómo dice usté?

MARIANA.– No malgastes tu ingenio, tía Clotilde, que este no es tu público.

CLOTILDE.– ¡Vaya por Dios! Pues si me contradices, no voy a tener más remedio que insistir hasta el triunfo; ya me conoces. ¡Acomodador! ¡Acomodador!, ¿tiene usted gemelos?

ACOMODADOR.– ¿Pa usté?

CLOTILDE.– No. Para estos señores. *(Señala al grupo.)* Porque están forzando la vista de un modo...

ACOMODADOR.– *(Encarándose con el grupo.)* ¡Hombre! Tie la razón aquí la señora; a ver si hacen ustés el favor de despejar esto un poco, que, vamos, ya está bien... *(Se los va llevando hacia el fondo, no sin alguna protesta, y quedan todos en la puerta.)*

ESPECTADOR 1º.– Bueno, maestro, bueno.

ESPECTADOR 2º.– Pa eso no hace falta empujar.

CLOTILDE.– *(A* MARIANA.) Ya lo has visto: triunfé.

SEÑORA.– *(Al* MARIDO, *dándose cuenta de lo del periódico.)* Oye, tú; pero ¿ese agujero en el periódico qué es?

MARIDO.– ¿Un agujero? *(Mirando el periódico con inocencia.)* Pues no lo sé; será que habré cortao algún anuncio...

SEÑORA.– Pues mira; pa que no tenga que cortarte yo a ti las cejas, vámonos a pasear al vestíbulo hasta que apaguen. ¡Arza!

MARIDO.– Vamos ande quieras. *(Se levantan.)*

SEÑORA.– *(Al* AMIGO.) Y usté viene también o mañana le doy un recao al oído a su mujer.

AMIGO.– No faltaba más. Usté manda... *(Se van los tres por la puerta del foro. La* SEÑORA *sale la última.)*

NOVIA.– *(Que ha estado atendiendo a lo ocurrido como quien tiene una brusca idea. Levantándose.)* En seguida vengo, madre. Voy al tocador *(Al* NOVIO, *aparte.)* Ven pa afuera, que esa señora me ha dao una idea. Así hablaremos con libertá. *(El* NOVIO *se levanta dócilmente y ambos salen por el foro.)*

ACOMODADOR.– *(A* MARIANA *y* CLOTILDE.) Les olerá a ustés el local un poco raro, ¿verdá?

CLOTILDE.– ¿Si nos huele raro? Pues mire usted: sí. Al entrar se nota un olor algo chocante; pero luego, cuando se ve al público, ya no le choca a una nada.

ACOMODADOR.– ¡Claro! Como que en estos sitios y en sábado... Voy a buscar el irrigador del ozonopino y voy a ozonopinear una miaja.

CLOTILDE.– Muy bien.

ACOMODADOR.– Porque esto necesita un buen ozonopineo.

CLOTILDE.– Soy de su misma ozonopinión.

ACOMODADOR.– Hasta ahora.

CLOTILDE.– Vaya usted con Dios. *(El* ACOMODADOR *se va por el foro.)* Creo que este acomodador y yo acabaremos por hacer una amistad duradera. Es simpático. Y si se quitase los bigotes para hablar, ganaría mucho. *(A* MARIANA.) Bueno, nenita;

pues aquí estamos. ¿Y qué hacen esta noche en este precioso salón?

MARIANA.– No lo sé ni me importa, tía Clotilde.

CLOTILDE.– Entonces ahora me explico que hayamos venido. Porque, en cambio, en el concierto de la Embajada sabíamos lo que tocaban y nos importaba oírlo, y no hemos ido. Claro que no pretendo encontrar sensatez y lógica en tus acciones, porque, si procedieras sensatamente, no serías de la familia... Tu abuela, que en gloria esté, les hacía vestiditos y sombreritos a todas las cerillas que caían en sus manos; y tu pobre abuelo se pasó los últimos años de su vida pelando guisantes. Si es el tío Cecilio, aquél ingresó muy joven en un manicomio y, cuando ya estaba curado, no quiso abandonar el manicomio porque se empeñó en casarse con el director, que era un señor muy serio y con lentes, de donde se dedujo que quizá no estaba curado del todo. De tu padre y de tu tía Micaela más vale que no hablemos, porque bastante nos hacen hablar ellos en casa. Por lo que afecta a tu hermana, corramos un velo; y con respecto a mí, bajemos un telón metálico. Pero, en fin: tú, dejando aparte que de niña te comías las flores y quitando aquella temporada que te dio por andar hacia atrás, en cuanto te pegaste en la nuca con el árbol anduviste para adelante y todo hacía pensar que ibas a ser la mosca blanca de la familia. Pero, hijita, ha aparecido Fernando Ojeda en el horizonte, y desde entonces... no sé; pero no me extrañaría nada que te decidieses tú también por lo de los guisantes...

MARIANA.– *(Súbitamente interesada, apoyándose en el brazo de* CLOTILDE *y mirándola fijamente, con acento serio y casi dramático.)* ¿De verdad crees, tía Clotilde, que en mi manera de ser ha influido Fernando Ojeda?

CLOTILDE.– No sé si lo creo o lo temo, porque también los Ojedas son para un Noticiario.

MARIANA.– *(Con ansia.)* ¿Te parecen gente rara los Ojedas?

CLOTILDE.– Rara, rara... A mí es ya muy difícil que nadie me parezca raro, hija mía, acostumbrada como estoy a los de casa.

MARIANA.– *(Impaciente.)* Bueno; pero imagínate que todos los de nuestras familias fuesen normales...

CLOTILDE.– No tengo imaginación para tanto, Mariana.

MARIANA.– Haz un esfuerzo en favor mío, te lo suplico... Comparados con personas corrientes, ¿qué te parecen los Ojedas?

CLOTILDE.– Dos locos de atar, tío y sobrino.

MARIANA.– *(Ansiosa.)* Luego ¿él te lo parece también?

CLOTILDE.– He dicho que tío y sobrino.

MARIANA.– *(Con más ansia aún.)* ¿Admites, entonces, que Fernando pueda ser un hombre muy distinto de los demás? ¿Un hombre hermético, insondable? ¿Quizá misterioso?

CLOTILDE.– De él lo admito todo. Y de su tío Ezequiel no digamos, porque me basta verle la barba y el sombrero hongo, que no se sabe cuál de los dos lo estrenó primero, para sentir una sensación de ahogo, una especie de opresión... Me es odioso...

MARIANA.– Pero de Fernando, concretamente de Fernando, ¿tú crees que...?

CLOTILDE.– *(Levantando las cejas; mirando hacia arriba y luego hacia atrás; interrumpiendo a* MARIANA.) Ya está aquí el del ozonopino... Habríamos hecho bien trayendo impermeables. *(En efecto, el* ACOMODADOR *ha aparecido unos momentos antes con el irrigador del ozonopino y ha comenzado a pulverizarlo en la atmósfera.)*

MARIANA.– *(Volviendo a la carga con ansia creciente.)* ¡Di, tía Clotilde!

CLOTILDE.– ¿ Qué?

MARIANA.– ¿Crees a Fernando capaz de llevar una vida extraña, ajena a la vida normal que todos le conocen? ¿Le crees capaz de ocultar algo extraordinario, por ejemplo? ¿De tener un secreto muy grave no revelado a nadie jamás?...

CLOTILDE.– No me sorprendería nada.

MARIANA.– *(En el colmo de su ansia.)* ¿Lo crees así de veras?

CLOTILDE.– ¿Por qué no?

MARIANA.– *(Estallando en un suspiro de alegría, de descanso, de profundo alivio.)* ¡Ay! ¡Dios te lo pague, tía Clotilde! Cuánto bien me haces... *(Deja caer hacia atrás la cabeza, respirando abiertamente.)*

CLOTILDE.– *(Volviendo la cara hacia* MARIANA; *extrañada.)* ¿Eh? *(Inclinándose hacia ella.)* Pero oye, muchacha: ¿es que necesitas que Ojeda sea un hombre misterioso y que oculte algo grave y extraordinario para ser feliz?

MARIANA.– *(Contestando con la voz y con el gesto)* Sí.

CLOTILDE.– Cuando yo digo que tú acabas también pelando guisantes... *(El* ACOMODADOR *se va por el foro.)*

MARIANA.– Y el día que descubra que no hay nada de eso, que todo en su vida es sencillo y formal..., si no tengo valor para otras cosas peores, por lo menos romperé con él.

CLOTILDE.– ¿Romperás con él?

MARIANA.– Huiré de su lado aunque esté próxima a casarme, aunque esté casada ya. Huiré de él como he huido esta noche..., para ir a parar Dios sabe adónde.

CLOTILDE.– Mientras sea a un cine de barrio, no habrá dificultad para encontrarte, sobre todo si sobrevives al ozonopino.

MARIANA.– *(Con acento frío y ligeramente desdeñoso.)* Pienso que haces mal burlándote, tía Clotilde.

CLOTILDE.– *(Completamente seria; con voz grave.)* Nuestra Señora del Rosario me libre de burlarme, hija mía. Pero me da demasiado miedo hablar de todo eso en serio. Y demasiada tristeza. Con las mismas cosas raras o parecidas empezó tu hermana, y un día desapareció y desaparecida sigue. Pero estoy en el deber sagrado de combatir como pueda tus obsesiones, y...

MARIANA.– Pues no te canses, porque luchas con fantasmas, y no hay lucha igual. ¡Más que he luchado yo!

CLOTILDE.– ¿Inútilmente?

MARIANA.– Inútilmente.

CLOTILDE.– ¡Pobrecilla mía! Era de esperar. Los Briones llevamos encima una herencia demasiado pesada.

MARIANA.– Es ridículo achacar a herencia de familia lo que ocurre en nuestro interior. ¿Qué tengo yo que ver con los guisantes y las cerillas de los abuelos? ¿En qué ha de afectarme a mí la locura de tío Cecilio, ni lo que pudiera sucederle a mi hermana? Lo de ellos son hechos casuales.

CLOTILDE.– Sí, Sí... Pero ¿y la tía Micaela, que colecciona búhos, Mariana?

MARIANA.– Todos los viejos caen en alguna chifladura absurda.

CLOTILDE.– ¿Y tu padre, que hace veintiún años, el día doce de enero de mil novecientos diecinueve, a las cinco y tres cuartos de la tarde, nos anunció a todos los que estábamos merendando en la terraza: «Voy a acostarme para no levantarme ya más», y que, desde entonces, está metido en la cama?

MARIANA.– Lo de papá siempre he oído decir que fue un desengaño amoroso, y que tú, que entonces acababas de llegar de Francia, no eras ajena al asunto, por cierto.

CLOTILDE.– ¿Y lo he negado yo alguna vez? Efectivamente: media hora antes de aquello, en el jardín, acababa de desengañarle en redondo; pero ni yo podía presumir que al conocer mi fallo se iba a acostar de un modo vitalicio ni ningún amante desdeñado suele abrazarse a la almohada con esa tenacidad. Escriben rimas, como Bécquer, o se atizan un tiro, como Larra, o se casan con una muchacha de Zamora, que es lo más frecuente. Pero para hacer lo que hizo y sigue haciendo tu padre, desengáñate, Mariana, para eso hay que estar un poco...*(Hace un ademán de guilladura.)*, un poco aturdido.

MARIANA.– ¿Y no puedo salir a mamá? No sé casi nada de ella; pero no he oído decir que cometiese nunca ningún disparate.

CLOTILDE.– Se casó con tu padre, que ya estuvo bien.

MARIANA.– Puedo ser yo la excepción de la familia...

CLOTILDE.– Sin duda, y siempre guardé esa esperanza...

MARIANA.– Entonces, ¿por qué no encontrar normalidad en mis sentimientos?

CLOTILDE.– Porque no es muy corriente que digamos que una muchacha espere para marido a un hombre misterioso y, a ser posible, provisto de un secreto grave...

MARIANA.– Tampoco yo esperaría eso de otro; pero de Fernando sí.

CLOTILDE.– ¿Y por qué esperarlo de él?

MARIANA.– Porque él ha sido el único que me hizo pensar al conocerle, y porque, a veces, me lo hace pensar todavía.

CLOTILDE.– ¿Eh?

MARIANA.– *(Confidencialmente, a media voz.)* No siempre, ¿sabes?; pero a ratos hay algo en él en sus ojos, en su gesto, en sus palabras y en sus silencios, hay algo en él, ¿no lo has notado?, inexplicable, oscuro, tenebroso. Su actitud entonces conmigo, la manera de mirarme y de tratarme, las cosas que me dice y el modo de decírmelo, aunque no me hable de amor, todo ello no puede definirse, pero es terrible; y me atrae y me fascina. *(Subiendo el tono de la voz.)* En esos momentos siento que hemos venido al mundo para unirnos y que ya hemos estado unidos antes de ahora. *(Vibrantemente.)* En esos momentos, tía Clotilde, ¡le adoro!... *(Rápidamente; explicativa.)* Pero esto no significa que exista en mí algo anormal; ¿acaso soy yo la única muchacha a quien le fascina y le atrae lo misterioso y lo que no puede explicarse? *(Volviendo al tono de antes.)* Y en otras ocasiones, que, por desgracia, son las más frecuentes, él reacciona, como alarmado y arrepentido de haber descubierto quizá el verdadero fondo de su alma: sus ojos miran como los de todo el mundo, sus gestos y sus palabras son los gestos y las palabras de cualquiera, y sus silencios están vacíos; se transforma en un hombre corriente; pierde todo encanto; bromea y ríe; se recubre de esa capa insulsa, hueca e irresistible que la gente llama simpatía personal... *(Elevando el tono de voz, como antes.)* Y entonces siento que uno y otro no tenemos nada de común, y me molesta que me hable, y si me habla de amor me crispa, y no puedo soportar su presencia y estoy deseando perderle de vista *(Vibrantemente.)* porque entonces me repele y me repugna ¡y le detesto!

CLOTILDE.- Mariana...

MARIANA.- Esta tarde se me mostró tal como yo le quiero... ¡Qué dos horas deliciosas pasé a su lado, tía Clotilde! Estábamos echados en el césped, junto al estanque, debajo de los almendros. A él le gusta mucho estar debajo de los almendros. Parece que en su finca hay almendros también, y en el verano deja pasar allí noches enteras. Casi no me habló, pero me miraba mucho; estaba como transfigurado, y yo también. En sus ojos había esa terrible expresión que me fascina, y sin hablamos nos entendíamos. Así, cuando él me dijo: «¿Vendrás?» Yo adiviné que preguntaba si me iría esta noche con él a su finca, y le contesté que sí.

CLOTILDE.– ¡Mariana!

MARIANA.– *(Sonriendo tristemente.)* No te asustes. Ya ves que no me he ido...

CLOTILDE.– Pero... lo tenías todo calculado...

MARIANA.– Sí. El concierto era el pretexto; lo de que tú y el tío de él nos acompañaseis, una maniobra para despistar. Al acabar la primera parte, yo habría salido un momento. Fernando se hubiera levantado a darme escolta... , y ya no hubiésemos vuelto al salón ninguno de los dos.

CLOTILDE.– Mariana..., Mariana, tú no estás en tu juicio.

MARIANA.– Porque lo estoy me tienes a tu lado todavía.

CLOTILDE.– ¿Reflexionaste, entonces, y...?

MARIANA.– ¿Reflexionar? ¿Las cosas del cariño se reflexionan? ¿Desdeñaste tú a papá por reflexión, o porque no te gustaba? No he reflexionado. Ha sido peor. Cuando los Ojedas han venido a buscarme esta noche, Fernando había sufrido uno de esos cambios que hacen de él un hombre como todos y de mí una mujer hostil a su persona; y ni por amenazas de muerte hubiera cumplido lo proyectado.

CLOTILDE.– Pero si no llegaste ni a hablar con él... Yo acababa de bajar al vestíbulo cuando ellos entraron; te llamé, saliste del saloncito de música y echaste a andar sin mirarnos siquiera; saltaste al coche, te pusiste al volante, me gritaste: «¡Sube ya!», y, cuando quise darme cuenta, corríamos hacia la verja, dejando a Fernando y a su tío a pie...

MARIANA.– No necesito hablar con Fernando para percibir sus reacciones y sus cambios. Creo que para percibirlos no necesitaría ni verle ni oírle. Noto cuándo es él el que amo y cuándo es él el que detesto por los impulsos que siento en mi interior.

CLOTILDE.– Pero ¿te das tú bien cuenta de adónde puede conducirte todo eso?

MARIANA.– Espero que me conducirá a la felicidad... o a la desdicha.

CLOTILDE.– *(Gravemente.)* O a la finca de Fernando Ojeda, Mariana...

MARIANA.– *(Sonriendo.)* Pero la finca de Fernando Ojeda estará incluida en la desdicha o en la felicidad, ¿no?

CLOTILDE.– *(Abrumada.)* Que el Señor nos tenga de su mano. *(Llevándose una mano a la garganta.)* ¡Uf! ¡Qué opresión siento!... Qué sensación de ahogo noto de pronto... Debe de ser que ese hombre ha echado demasiado ozonopino. *(Volviendo la cabeza hacia la puerta.)* Pero no... ¡No es eso! Es que llega el tío de Fernando...

MARIANA.– *(Volviendo la cabeza también, rápidamente.)* ¿Eh?

CLOTILDE.– Y Fernando, detrás... Nos han encontrado, niña.

(En efecto, por el foro y precedidos del ACOMODADOR, *han entrado en escena* EZEQUIEL *y* FERNANDO. *Este último es un buen mozo, situado alrededor de los treinta y cinco años, de aire distinguido y elegancia natural; es decir, no preocupado de la elegancia. En realidad, se trata de un hombre a quien no parece preocupar ninguna cosa exterior; se le supondría ensimismado o, mejor, obsesionado por algún problema interno; y, bien por no traicionar sus ideas haciéndoselas sospechar a los demás, o bien por educación simplemente, de cuando en cuando «vuelve en sí», esto es: hace un esfuerzo por desechar sus pensamientos y adopta un aire trivial, ligero y forzadamente natural; he ahí los cambios y variaciones que percibe en él al instante la aguda sensibilidad de* MARIANA. *Sentimental, soñador y melancólico, tal como es en esencia,* FERNANDO *tiene un poderoso atractivo; banal, corriente y despreocupado, como pretende aparecer cuando reacciona, se hace -para quien está unido a él por algún sentimiento- realmente irresistible. Por lo que afecta a su tío* EZEQUIEL, *que bordea los cincuenta años, es bajito y menudito; pero, a pesar de su*

leve peso y de su corta estatura, hay algo en él que impone un respeto especial, hecho no se sabe de qué, pero denso y fuerte. EZEQUIEL *es calvo, pero su calva no le da apariencia ridícula, por el contrario: quizá, en combinación con la barba entrecana y con las cejas, un poco diabólicas contribuye poderosamente a que de él emane ese especial respeto indefinible. Ambos, tío y sobrino, vienen de «smoking» y con abrigo.* FERNANDO *trae flexible negro y entra quitándose el abrigo;* EZEQUIEL *conserva el abrigo puesto, con el cuello subido, y se toca, como advirtió* CLOTILDE, *con sombrero hongo.)*

ACOMODADOR.– *(Mirando las localidades.)* Veintiséis, siete y nueve. *(Va hacia las butacas indicadas.)* Por aquí...

FERNANDO.– *(Viendo a* CLOTILDE *y* MARIANA.) En efecto, son las butacas de al lado. Pasa, tío Ezequiel. *(Por el foro entra el* BOTONES, *pendiente de los dos recién llegados.)*

JOVEN 2º.– *(Al* JOVEN 1º) Ven, tú, que me parece que aquí está prohibido mirar. *(Se van los dos hacia el foro)*

MARIANA.– *(A* CLOTILDE, *señalándole la butaca 7.)* ¿Quieres pasar aquí, tía Clotilde?

CLOTILDE.– *(Sorprendida.)* ¿Eh?

MARIANA.– Para que Fernando se siente a mi lado.

CLOTILDE.– ¿A tu lado? ¿Pero cómo? Pero ¿es que...?

MARIANA.– *(Imperativamente.)* Haz lo que te digo.

CLOTILDE.– Sí, mujer, sí. *(Se levanta dócilmente y se sienta en la butaca 7. Hablando consigo misma y mirando a la cara de* MARIANA, *temiendo que la actitud de ella haya cambiado de nuevo respecto a* FERNANDO.) Pero ¿será posible que otra vez...?

MARIANA.– *(Sonriendo celestialmente a* FERNANDO *Y siguiéndole con la mirada de arrobo mientras él avanza. Con voz temblorosa de emoción.)* Hola, Fernando... *(Le señala la butaca 3.)*

FERNANDO.– *(Mirando gravemente a* MARIANA *y sentándose en la butaca que ella le indica.)* Ya no creí que esta noche volvieras a saludarme. *(Quedan hablando aparte, embelesados.)*

CLOTILDE.– *(Que no les ha quitado ojo.)* ¡Huy, Dios mío! Ciertos son los toros...

EZEQUIEL.– *(Sentándose en la butaca 9, al lado de* CLOTILDE.) ¿Qué toros, señora? Porque supongo que no se referirá a la faena que nos han hecho ustedes.

CLOTILDE.– ¿Eh?

EZEQUIEL.– Imagino que Mariana tendrá sus razones juveniles para jugar al escondite con Fernando, pero quizá es un poco fuerte para que usted y yo volvamos al orí.

CLOTILDE.– ¿Al orí? Usted puede creer que yo he vuelto al orí?

EZEQUIEL.– Juraría que me lo gritó usted al arrancar el coche.

CLOTILDE.– Pues juraría usted en falso. No estoy para bromas, Ezequiel. (EZEQUIEL *tiene una cara de juez tremenda.)*

EZEQUIEL.– Ni yo. Ni yo tampoco estoy para bromas; puede usted creérmelo. No muerdo porque el aire no se deja morder, pero no por falta de ganas.

BOTONES.– *(Acercándose a* EZEQUIEL *por detrás.)* ¡Bombones y caramelos!

EZEQUIEL.– *(Volviéndose al* BOTONES.) ¡Niño! ¿Tienes algo que sea duro, cacahuetes, o torrados, o...?

BOTONES.– No, señor. Tengo pralinés.

EZEQUIEL.– Entonces, nada; perdona.

BOTONES.– *(Desconsolado.)* ¡Hasta el público de bombón se tira por el cacahué! Estoy bien listo... *(Se va muy triste por el foro)*

FERNANDO.– *(En voz baja, a* MARIANA.) ¿Por qué has hecho eso?

MARIANA.– ¿Y tú? ¿Por qué esta noche no eras ya el de esta tarde? ¿Y por qué has vuelto a serlo ahora de nuevo?

FERNANDO.– *(Reconviniéndola como si lo que ella dice fuese un desatino.)* Mariana...

MARIANA.– Sé lo que me digo. No estoy loca. *(Bajando la voz aún más y clavando en él una larga mirada.)* Y si lo estuviera, tendrías tú la culpa... *(Siguen hablando aparte, en voz muy baja.)*

EZEQUIEL.– *(A* CLOTILDE.) Por lo demás, le advierto a usted que he venido porque Fernando se empeñó en buscarlas, pensando con sagacidad que, al no ir al concierto, se habrían metido ustedes en un espectáculo cualquiera y que el coche, estacionado fuera, nos denunciaría el sitio fácilmente.

CLOTILDE.– *(Sin atender a* EZEQUIEL, *preocupada por oír lo que hablan* MARIANA *y* FERNANDO.) Claro, claro...

EZEQUIEL.– Pero si no, no habría venido, ¿sabe usted?

CLOTILDE.– *(Siempre atendiendo a los otros.)* Sí, sí...

EZEQUIEL.– Porque existen mujeres que creen llevar siempre a los hombres atados al carro de su belleza, pero también existen hombres que no se dejan atar, por muy carro de la belleza que sea el carro, a ningún carro... *(Se para de pronto.)*

FERNANDO.– *(Que, dándose cuenta de! espionaje de* CLOTILDE, *ha dejado de hablar con* MARIANA. *A* EZEQUIEL, *riendo.)* ¿Qué, tío Ezequiel? ¿Se atascó el carro? (CLOTILDE *ríe.* MARIANA *mira a* FERNANDO *con una mirada fría y se pone súbitamente seria.)*

CLOTILDE.– Perdone, Ezequiel... ¿Me decía usted algo, verdad?

EZEQUIEL.– Sí, pero como usted no me atendía y este señor *(Por el* DORMIDO.) no puede oírme, ¿para qué iba a seguir?

CLOTILDE.– Discúlpeme. Estaba distraída.

EZEQUIEL.– Celebro que mi conversación la distraiga. (CLOTILDE *y* FERNANDO *ríen.)*

FERNANDO.– *(Riendo, a* MARIANA.) ¿Has oído? Dice que... *(Deteniéndose en seco, ante la expresión del rostro de* MARIANA.) ¿Pero qué te pasa? *(La luz de la batería queda en este momento en resistencia. El* ACOMODADOR *llama al público del vestíbulo.)*

ACOMODADOR.– *(Dando palmadas en la puerta del foro.)* ¡Señores! ¡Vamos, señores!

EZEQUIEL.– Por lo demás, ya no es hora de hablar, porque va a empezar la sesión, y si me he perdido el concierto, no me perderé la película, ¡palabra! *(Se arrellana cómodamente en la butaca. Todas las figuras que en el transcurso de la acción se fueron por el foro van volviendo a entrar en grupos compactos. La luz de la batería se apaga del todo, quedando sólo la azul y la claridad que viene del forillo.)*

FERNANDO.– ¿Qué te ocurre, Mariana? *(Se inclina hacia ella.)*

MARIANA.– *(Irritada, desesperada.)* ¡Nada! ¡No me ocurre nada!

FERNANDO.– *(Sonriendo indulgentemente.)* Pero, oye, mujer, chiquilla...

MARIANA.– *(Levantándose iracunda.)* ¡Déjame! ¡No me hables, no me toques, no me mires! *(A* CLOTILDE.) ¡Vámonos!

CLOTILDE.– *(Asombrada.)* ¿Qué dices?

MARIANA.– ¡Vámonos! ¡No puedo más!

EZEQUIEL.– *(Sorprendido.)* ¿Eh?

FERNANDO.– ¡Mariana!

CLOTILDE.– Vaya... *(Sonriendo tranquilamente.)* Menos mal...

MARIANA.– *(Saliendo.)* ¡Ven! ¡Vamos, tía Clotilde! *(Se lanza hacia la puerta, abriéndose paso por entre los que entran, casi sin saber por dónde va, de un modo delirante, como quien ha perdido de un golpe todo el gusto de vivir.)*

FERNANDO.– *(Desconcertado y exasperado.)* Pero ¿qué le ocurre? ¿Por qué huye de mí otra vez?

CLOTILDE.– *(Con satisfacción; levantándose.)* ¡Bendito sea Dios! Al fin, la noche va a concluir de la mejor manera...

FERNANDO.– ¿Por qué cuando está mirándome con más amor, me mira de pronto con odio?

CLOTILDE.– *(Iniciando el mutis; volviéndose a* EZEQUIEL.) Ezequiel: no se molesten en seguimos, que ahora vamos a casa. *(Se marcha, abriéndose paso también por entre los que entran.)*

FERNANDO.– *(Nerviosamente; con acento angustiado, levantándose y poniéndose el abrigo.)* ¡Pues yo sí las sigo!

EZEQUIEL.– Yo, no.

FERNANDO.– Te consta lo que ella es para mí, lo que significa para mí... ¡E iba a ser esta noche! ¡Esta noche!

EZEQUIEL.– Ya lo sé.

FERNANDO.– *(Sentándose un instante al lado de* EZEQUIEL *y hablándole casi al oído, con creciente angustia.)* ¡Te lo juro! No podía vivir ni un día más entre espectros...

EZEQUIEL.– Y lo que me pregunto es cómo has podido vivir así hasta ahora.

FERNANDO.– La necesito en casa. Tengo que llevarla hoy, sea como sea, porque sólo ella puede librarme de aquel infierno.

EZEQUIEL.– Ve. Inténtalo. Ya lo comprendo. ¡Anda!

FERNANDO.– ¿Tienes ahí el frasquito? Dámelo.

EZEQUIEL.– *(Dándole un frasquito que se saca del abrigo.)* Toma. Y suerte.

(FERNANDO, *con una decisión desesperada, se levanta y escapa por el foro empujando a los* ESPECTADORES, *que siguen entrando, hablando y riendo entre sí. La fila de butacas ha vuelto a llenarse, como lo estaba al empezar la acción, y en el pasillo central se agolpan los que entran en su avance hacia la batería, que simula ser el interior del «cine». El* ACOMODADOR, *que ha entrado también, con un papel en la mano, se dirige a* EZEQUIEL *y le habla aparte.)*

ACOMODADOR.– Caballero...

EZEQUIEL.– ¿Qué hay?

ACOMODADOR.– Una de las señoras que estaban con ustés, la de más edá, me ha dao al salir este papel con el encargo de que se lo entregase a usté disimuladamente. *(Se lo da.)*

EZEQUIEL.– ¡Ya! Tome. *(Le da una propina.)*

ACOMODADOR.– Tantas gracias.

EZEQUIEL.– ¿Me deja usted un momento la linterna?

ACOMODADOR.– Sí, señor. *(Le da su linterna eléctrica.)*

EZEQUIEL.– *(Iluminando el papel con la luz de la linterna y leyéndolo.)* «A las doce en punto, en la puerta pequeña del jardín que da a la calle del General Oraa, Clotilde.» *(Dejando de leer.)* Bien. *(Al* ACOMODADOR.*)* Oiga usted, cuando sean las doce menos cuarto, tenga la bondad de decírmelo.

ACOMODADOR.– Sí, señor.

EZEQUIEL.– *(Devolviéndole la linterna.)* Tome. Gracias. *(Hablando para sí.)* Me da tiempo de ver un trozo de película... *(Se arrellana en su butaca. La luz de la batería se apaga por completo y empieza a sonar la música de la película que ha comenzado a proyectarse. Oscuro.)*

MUTACIÓN

Acto primero

Salón –llamémoslo así– en casa del padre de MARIANA. *Es una pieza, a todo foro, de trazado irregular; el lateral izquierdo es perpendicular a la batería, pero el derecho forma en su segunda mitad un brusco ángulo recto y la pared sigue en una extensión de unos dos metros y medio, paralela a la batería para torcer de nuevo al cabo de ellos, alejándose de un modo un poco oblicuo y ya definitivamente hacia el foro. A lo largo de ese trozo de pared de dos metros y medio paralelo a la batería, se abre un hueco de dos metros de largo por tres metros o tres metros y medio de alto que permite ver un fragmento de una segunda habitación. El hueco tiene acceso a la escena merced a una gradilla de dos escalones que corre en toda su extensión. En el tercer término de dicho lateral derecho existe una puerta muy alta, y en el tercer término del lateral izquierdo, otra del mismo tamaño. Al fondo del foro, cristalera que da a un jardín; la cristalera está decorada con motivos primitivos religiosos. En la izquierda del mismo foro, arranque de escalera, hacia abajo, que se pierde en el foso. Esto en cuanto a la estructura de la estancia. En cuanto al moblaje, la decoración y el atrezzo, la habitación no puede resultar más absurda: tiene el sitio de recibir, de cuarto de estar y de salón-museo; y también tiene algo de almoneda, y algo también de sala de manicomio. Por lo pronto, y para empezar por algún lado, hay que advertir que en el hueco que se abre en el trozo del lateral derecho paralelo a la batería se alza una cama con dosel, del más puro siglo XVI, y en el primer término del lateral, en el ángulo, para compensar, una linterna cinematográfica. Y detrás de ella, otra puerta. A la derecha de la cabecera de la cama se ve una inmensa librería, llena de volúmenes, revistas y papeles, y en una de cuyas tablas más próximas al lecho hay instalado un bar americano y un aparato de radio; por arriba, la librería se pierde detrás del dosel. A los pies de la cama, dos anchos estantes repletos de cajas de cartón de tamaños diversos y en donde reposan multitud de objetos extraños: un microscopio, un violín, un saxófono, una guitarra, una ruleta, un meccano, dos o tres juguetes de cuerda y un par de pistolas de salón son los más visibles. Para concluir lo que afecta al lecho, al que -naturalmente- se sube desde la escena por la gradilla de dos escalones ya mencionada, diremos que, apretando determinado resorte, el hueco abierto en la pared queda tapado por una especie de persiana de corredera, parecida a las que cierran los «bureaux» americanos, que juega de arriba abajo y que al bajarse oculta la cama y la habitación. En la pared, cerca del lecho, una campana de estación. Enfrente, en el lateral izquierdo, resulta un tiro al blanco que han fijado en la pared. En el mismo lateral y en el ángulo del tercer término se alza un piano de cola y cuatro atriles musicales. El moblaje general de la estancia es de tal modo abundante que hay muchos más muebles que espacios para circular. Se ven tres tresillos diferentes, cinco o seis sillones de épocas y dimensiones distintas, cuatro o cinco mesas, también de diversos tamaños y formas, tres o cuatro consolas, dos o tres cómodas, un vis-a-vis y un ejército de sillas. También se descubre en un rincón un monumental brasero de copa. Ninguna mesa, consola ni cómoda está libre, sino ocupada por multitud de cacharros, jarrones, relojes de mesa, lámparas, velones, floreros, urnas y fanales, y en todo el espacio que la vista alcanza, desde la batería al farolillo, deja de verse un objeto y otro, porque, asimismo, hay profusión de esculturas de todas las escuelas y estilos. En el barandado de arranque de la escalera del fondo se levanta una figura femenina de bronce, de las que tanto se estilaban en el siglo XIX, sosteniendo unos globos de luz apagados; y a ambos lados del ventanal del foro también existen otras figuras escultóricas, de regular tamaño. Con las paredes, tanto del salón en que nos hallamos como de la habitación que se descubre a través del hueco de la derecha, ocurre lo propio que con el suelo y los muebles; y el número de cuadros, panoplias, grabados, fotografías, cornucopias y espejos que cuelgan de ellas es tal, que las cubre casi por entero. Por lo que afecta al techo, tampoco él se ve libre de la abrumadora abundancia y, dejando aparte las pinturas y escayolas que lo adornan, penden de su centro, hacia el segundo término, una inmensa araña, y, cerca del fondo, otra más pequeña; sobre el lecho de la derecha hay también una luz supletoria, y, por último, la escalera del fondo que simula conducir a la planta baja, asimismo se halla iluminada por un farolón de vidrios de colores. Se trata, en suma, como ya se habrá comprendido, al llegar aquí, de una habitación inverosímil, tan extraña e incongruente como sus propios dueños, y entrar en la cual no deja de producir algún mareo y se le hace difícil, por entre las barreras de muebles, a todo aquel que no esté acostumbrado a vivir en campos atrincherados o que no posea condiciones personales para encontrar fácilmente la salida en los laberintos de las verbenas. Tres puertas, la del primer término derecho, la del tercer término derecho y la del tercer término izquierdo, ostentan gruesos y pesados cortinajes, recogidos a ambos lados con cordones y grandes borlas; y, en general, el gusto que preside el arreglo del salón -suponiendo que pueda presidirlo algún gusto- es el que estuvo de moda setenta u ochenta años atrás, complicado y agravado par la insensatez diversa y variada de sus habitantes. A excepción de los globos de luz de la escultura femenina que remata el arranque de la escalera, las demás lámparas juegan todas y se hallan encendidas al comenzar el acto; en total, no suman arriba de una docena. Son las once y media, aproximadamente, de la misma noche en que se desarrolló el prólogo.*

Al encenderse la luz de la mutación a oscuras, en escena, solo y acostado en la cama, EDGARDO. *Se trata, como se habrá supuesto, del padre de* MARIANA. *Es un caballero de cincuenta años largos, de cara angulosa, gran aspecto y muy cuidadoso de su persona. Decir que está acostado no es completamente exacto, pues, en realidad, se halla sentado en la cama, bordando en un gran bastidor rectangular. Su actitud, sin embargo, es perfectamente digna, y todos sus ademanes, pausados y armoniosos, así como en su empaque personal, denota inteligencia y educación exquisita. Tiene la misma distinción innata que* MARIANA *y* CLOTILDE, *y es preciso dudar que un príncipe de la sangre bordase a mano con más altivez, mayor prosopopeya, mayor nobleza ni más elegancia. Viste un batín del mejor corte, de la mejor tela y del mejor gusto, y en el bolsillo del pecho le asoman, diestramente colocadas, las cuatro puntas de un perfumado pañuelo de seda. De tiempo en tiempo, sin dejar de bordar, fuma, dándole lentas chupadas a una larga boquilla de esmalte que coge y deja en un cenicero. Durante unos momentos* EDGARDO *borda y fuma tranquilamente. La radio, instalada al lado de la cama, toca una música moderna de aire romántico, que* EDGARDO *tararea complacido de cuando en cuando. De pronto la música concluye y se oye la voz del speaker.*

EMPIEZA LA ACCIÓN

LA VOZ DEL «SPEAKER».– Es un disco Odeón, e interpretada por la orquesta Whitman, acaban ustedes de oír, señores...

EDGARDO.– *(Apagando la radio y haciendo enmudecer al speaker.)* Sé perfectamente lo que acabo de oír y no necesito que usted me lo diga. *(Nueva pausa. Por la escalera del fondo aparece entonces* FERMÍN. *Es el ayuda de cámara de* EDGARDO *y viste el uniforme con gran empaque. Tiene treinta y cinco años, poco más o menos. Al llegar arriba se inclina para hablarle a alguien que viene detrás.)*

FERMÍN.– Suba por aquí. *(Por la escalera surge* LEONCIO, *un hombre de la edad aproximada de* FERMÍN. *Aunque va de paisano, en el cuello de celuloide, en lo mal que lleva puesta la corbata y en el chaleco a rayas que descubre debajo de la americana, se le nota que también es criado de profesión.)* Y le digo lo mismo que le dije en los salones de abajo: mucho cuidado de no tropezar con los muebles, ¿eh?

LEONCIO.– ¡Ya, ya!

FERMÍN.– Ni rozados. Ni apartados un dedo de donde están, porque... *(Hablándole al oído.)*, porque aquí hubo un criado, hace cuarenta y seis años, que al limpiado, corrió medio palmo a la izquierda aquel sofá que ve usted ahí. *(Señala.)*, y se tuvo que ir a La Habana, y murió allí de fiebre amarilla.

LEONCIO.– ¿Contagiado?

FERMÍN.– Del disgusto.

LEONCIO.– *(Dejando escapar un silbido de asombro.)* ¡Toma!

FERMÍN.– Para que se vaya usted dando cuenta de dónde se va a meter...

LEONCIO.– Ya vengo informado; pero es que el sueldo...

FERMÍN.– ¡Qué va usted a decirme! Los sueldos que se dan en esta casa son únicos en Madrid y provincias. Pues ¿por qué he aguantado yo cinco años? Pero, amigo, pasan cosas aquí que ni con el sueldo... Cocineras he conocido veintinueve.

LEONCIO.– Tendrá usted el estómago despistado.

FERMÍN.– De chóferes, manadas. De doncellas, nubes. Y de jardineros, bosques, y ya ha llegado un momento que no puedo resistir tanta chaladura y tanta perturbación; y en cuanto a usted, o el que me sustituya, se imponga en las costumbres de la casa, saldré pitando... Por más que no sé si tendré aguante para esperar aún esos días que faltan. (EDGARDO *ha vuelto a abrir la radio y se oye de nuevo la voz del speaker.)*

LA VOZ DEL «SPEAKER».– Las mejores pastillas para la tos...

EDGARDO.– *(Cerrando la radio.)* Ni yo tengo tos ni creo en la eficacia de las pastillas que usted recomienda.

FERMÍN.– *(Aparte, a* LEONCIO.) El señor...

LEONCIO.– ¿Con quién habla?

FERMÍN.– Con el speaker de la radio. Son incompatibles.

EDGARDO.– *(Que ha oído ruido, pero no puede verlos por la posición de la cama.)* ¡Fermín!

FERMÍN.– Ya nos ha oído. *(Sin moverse de donde está.)* ¿Señor?

EDGARDO.– ¿Qué haces ahí?

FERMÍN.– Estoy con el aspirante a criado nuevo, señor.

EDGARDO.– Acércamelo, a ver si me gusta.

FERMÍN.– Me parece que sí que le va a gustar al señor. *(Aparte, a* LEONCIO, *en voz baja.)* Atúsese usted un poco, que como no le pete al primer golpe de vista, no entra usted en la casa. *(Le ayuda a peinarse un poco y a ponerse bien la corbata.)* Ahora le hará el interrogatorio misterioso. ¿Se acuerda usted bien de las respuestas?

LEONCIO.– Sí, sí...

FERMÍN.– Dios quiera que no meta usted la pata...

EDGARDO.– ¡Fermín! ¿No me has oído?

FERMÍN.– Sí, señor, sí. Ahí vamos.

LEONCIO.– ¿Por dónde se llega a la cama? ¿Por aquí? *(Intenta echar a andar por entre dos muebles.)*

FERMÍN.– No. Ese es el camino que lleva a la consola grande. Y por ahí *(Señala otros dos muebles.)* se va al tiro al blanco. A la cama es por aquí. Sígame usted con cuidado... *(Echa a andar por entre los muebles, seguido de* LEONCIO, *con muchas precauciones para no tirar cosas, lentamente y haciendo infinidad de eses.)*

EDGARDO.– ¡Fermín!

FERMÍN.– Estamos en ruta, señor; estamos en ruta. *(Deteniéndose y volviéndose a* LEONCIO; *aparte.)* Ya se irá usted explicando por qué me atizo de cuando en cuando esas carreras en pelo por el jardín. Son los nervios, ¿sabe usted? Que está uno asfixiado de no poder andar en todo el día en línea recta y braceando, y se desahoga uno galopando ahí fuera.

LEONCIO.– ¡Claro, claro! Yo cuando le vi a usted ayer zumbando a todo meter por el andén central, como ya sabía que aquí están todos guillados, me dije: «Ese se ha contagiado el pobre.»

FERMÍN.– Pues es necesidad física. Si usted se queda por fin en la casa, al mes, en los ratos libres, correrá igual que yo por el jardín.

LEONCIO.– Y si la verja está abierta, puede que me salga.

EDGARDO.– *(Impaciente.)* ¡Pero, Fermín!

FERMÍN.– *(Poniéndose en marcha de nuevo por entre los muebles, seguido de* LEONCIO.) Ya, ya, señor. Tomar la última curva, y ahí estamos. *(Llegan ambos ante la cama.)* A las órdenes del señor.

EDGARDO.– Ya era hora, hombre. *(Mirando de alto abajo a* LEONCIO.) Conque ¿este es el aspirante?

FERMÍN.– Este, señor.

EDGARDO.– Tiene algo cara de tonto.

FERMÍN.– Como al señor no le gustan los criados con demasiada cara de listo...

EDGARDO.– El justo medio es lo prudente. ¿Se va imponiendo en las costumbres de la familia?

FERMÍN.– Poco a poco, porque sólo llevo enseñándole desde este mediodía por sí al señor no le gustaba, y como la cosa no es fácil...

EDGARDO.– No es fácil; lo reconozco. *(A* LEONCIO.) ¿A ver? Acérquese...

FERMÍN.– *(Aparte, a* LEONCIO.) El interrogatorio misterioso... Cuidado con las respuestas.

LEONCIO.– Sí, sí...

EDGARDO.– ¿De dónde es usted?

LEONCIO.– De Soria.

EDGARDO.– ¿Qué color prefiere?

LEONCIO.– El gris.

EDGARDO.– ¿Le dominan a usted las mujeres?

LEONCIO.– No pueden conmigo, señor.

EDGARDO.– ¿Cómo se limpian los cuadros al óleo?

LEONCIO.– Con agua y jabón.

EDGARDO.– ¿Se sabe usted los principales trayectos ferroviarios de España?

FERMÍN.– *(Interviniendo.)* Hoy empezaré a enseñárselos, señor.

EDGARDO.– ¿Qué comen los búhos?

LEONCIO.– Aceite y carnes muy fritas.

EDGARDO.– ¿Cuántas horas duerme usted?

LEONCIO.– Igual me da dos que quince, señor.

EDGARDO.– ¿Fuma usted?

LEONCIO.– Cacao.

EDGARDO.– ¿Sabe usted poner inyecciones?

LEONCIO.– Sí, señor.

EDGARDO.– ¿Le molestan las personas nerviosas, de genio destemplado y desigual, excitadas y un poco desequilibradas?

LEONCIO.– Esa clase de personas me encanta, señor.

EDGARDO.– ¿Qué reloj usa usted?

LEONCIO.– Longines

EDGARDO.– ¿Le extraña a usted que yo lleve acostado, sin levantarme, veintiún años?

LEONCIO.– No, señor. Eso le pasa a casi todo el mundo.

EDGARDO.– Y que yo borde en sedas, ¿le extraña?

LEONCIO.– Menos. ¡Quién fuera el señor! Siempre he lamentado que mis padres no me enseñasen a bordar, pero los pobrecillos no veían más allá de sus narices.

EDGARDO.– *(Satisfecho.)* Muy bien, muy bien. Excelente. *(Deja el bastidor a un lado.)*

FERMÍN.– *(Aparte, a* LEONCIO.) Ahora, el ejercicio práctico... Recuerde bien todo lo que le he dicho.

EDGARDO.– *(A* LEONCIO.) Cierre usted los ojos y eche a andar en línea recta hasta aquí. (LEONCIO *obedece y llega hasta la cama.)* ¡Basta! ¡Perfecto! Ahora vuélvase de espaldas. (LEONCIO *se vuelve de cara al público.* EDGARDO *aprieta un botón de timbre de los varios que hay a la cabecera y se oye sonar el timbre dentro.)* ¿Dónde ha sonado ese timbre?

LEONCIO.– En el salón. *(A un gesto de* FERMÍN.) Digo, en el vestíbulo.

EDGARDO.– *(Haciendo sonar otro, que se oye también dentro.)* ¿Y ese otro?

LEONCIO.– *(A una señal de* FERMÍN, *que simula leer.)* En la biblioteca.

EDGARDO.– *(Haciendo sonar otro, que se oye dentro asimismo.)* ¿Y éste?

LEONCIO.– En... En... (FERMÍN *hace ademán de jugar al billar.)* En la sala del billar.

EDGARDO.– Bien. Cierre otra vez los ojos.

(LEONCIO *obedece.* EDGARDO *coge una pistola del estante y se la dispara al lado de* LEONCIO, *sin que éste se conmueva en modo alguno)* ¿Le molestó el tiro?

LEONCIO.– Me produjo más bien una sensación agradable.

EDGARDO.– *(Contento, a* FERMÍN.) Oye, me parece que este chico nos va a servir, Fermín.

FERMÍN.– Ya le dije al señor que le gustaría.

EDGARDO.– Me alegro mucho, aunque también lo lamento, pues cuando él entre a mis órdenes te perderé de vista a ti...

FERMÍN.– Yo bien quisiera seguir en mi puesto, señor; pero el servicio de esta casa le desgasta a uno tanto...

EDGARDO.– Sí. Aquí se quema mucha servidumbre; es una pena. Bueno, pues sigue adiestrándole. Ya sabes: durante ocho o diez días que no se separe de ti, que te siga a todas partes, que se fije bien en todo lo que hagas tú y que tome buena cuenta de cuanto vea y de cuanto oiga. Y así que le des de alta me lo dices para liquidarte a ti y despedirte.

FERMÍN.– Sí, señor.

EDGARDO.– ¡Ah! Oye... No olvides prepararlo todo, que dentro de cinco minutos salimos para San Sebastián. *(En este momento, por el foro izquierdo, aparece* MICAELA *hablando a grandes voces.)*

MICAELA.– ¡Edgardo! ¡Edgardo! ¿Estoy yo loca has dicho que te vas a San Sebastián?

EDGARDO.– Las dos cosas, Micaela. *(Esta* MICAELA *merece párrafo aparte también y no hay más remedio que dedicárselo. Se trata de una dama igualmente distinguida e igualmente singular que el resto de la familia que vamos conociendo. Es un poco mayor que* EDGARDO *y no podemos decir que esté más desequilibrada, porque* EDGARDO *ha dado ya algunas muestras de estarlo bastante.* MICAELA *viste totalmente de negro, es rígida y altiva; se expresa siempre de un modo dominante, como si se hallase colocada a mil doscientos metros sobre el nivel del mar, y en el momento en que la conocemos lleva dos grandes perros sujetos con una cadena. Sus ojos negros y enormes tienen una mirada dura e impresionante. Avanza deprisa, tirando de los perros y con destreza de persona ya habituada a ello, por entre los muebles hacia la cama de* EDGARDO.)

MICAELA.– *(De un modo patético.)* ¡Insiste por ese camino, Edgardo! Insiste por ese camino, que algún día acabarás por decir algo ingenioso. Pero, dejando aparte tus sarcasmos, que ya no me hieren ni me ofenden, yo me pregunto si no puedes irte a
San Sebastián mañana por la noche u otra noche cualquiera, que no sea la noche de hoy precisamente...

EDGARDO.– ¿Y por qué en la noche de hoy no debo irme a San Sebastián?

MICAELA.– Porque esta noche van a venir ladrones, Edgardo. Te lo estoy anunciando desde el lunes. ¡Y no me lo discutas! No me lo discutas, porque ya sabes que a mí eso no se me puede discutir...

EDGARDO.– Ya, ya lo sé. Y no pienso discutírtelo. *(Volviéndose a* FERMÍN.) Aíslame, Fermín.

FERMÍN.– Sí, señor. *(Toca el resorte de la pared, y la especie de persiana de madera que aísla una habitación de otra comienza a bajar.)*

MICAELA.– *(Patéticamente.)* ¡Aislándote no evitarás que los ladrones vengan, Edgardo!

EDGARDO.– Pero dejaré de verte y de oírte, Micaela. *(La persiana baja del todo, tapando la cama y el trozo de habitación correspondiente.)*

MICAELA.– *(Digna y pesarosa.)* Bien está. Cuando yo digo que esta es una casa de locos... Irse a San Sebastián esta noche, justamente esta noche, que toca ladrones... *(Dando un enorme suspiro.)* ¡En fin! Por fortuna, vigilo yo y vigilan Caín y Abel *(Por los perros.)*, que si no estuviéramos aquí nosotros tres, no sé lo que sería de todos... *(Se va por el primero derecha, llevándose a remolque a los dos perros.)*

LEONCIO.– *(Estupefacto.)* ¿Quién es ésa?

FERMÍN.– La hermana mayor del señor.

LEONCIO.– ¿Y qué es eso de que esta noche toca ladrones?

FERMÍN.– Pues que se empeña en que vienen ladrones todos los sábados. Está más perturbada aún que el señor;

es un decir. De día no sale nunca de su cuarto y ésta es la que colecciona búhos. Tal como usted la ve, con los perros a la rastra, se pasará toda la noche en claro, del jardín a la casa y de la casa al jardín.

LEONCIO.– Pues habría que oírles a los perros si supieran hablar.

FERMÍN.– Creo que están aprendiendo para desahogarse.

LEONCIO.– *(Riendo.)* ¡Hombre! Eso me ha hecho gracia...

FERMÍN.– ¡Chis! No se ría usted, que aquí las risas están muy mal vistas. *(Por la escalera del fondo surge entonces como un obús* PRÁXEDES. *Es una muchacha pequeña y menuda que personifica la velocidad. Trae una bandeja grande con una cena completa, dos botellas, vasos, mantelería, etc., y avanza con todos sus bártulos, como un gato por un vasar, vertiginosamente y sin rozar ni un objeto, hasta una mesa donde deposita la bandeja, y, con rapidez nunca vista, arregla y sirve un cubierto sin dejar un instante de hablar, no se sabe si con* FERMÍN *o consigo misma.)*

PRÁXEDES.– ¿Se puede? Sí, porque no hay nadie. ¿Que no hay nadie? Bueno, hay alguien, pero como si no hubiera nadie. ¡Hola! ¿Qué hay? ¿Qué haces aquí? Perdiendo el tiempo, ¿no? Tú dirás que no, pero yo digo que sí. ¿Qué? ¡Ah! Bueno, por eso... ¿Que por qué vengo? Porque me lo han mandado. ¿Quién? La señora mayor. ¿Que qué traigo? La cena de la señora, porque es sábado y esta noche tiene que vigilar. ¿Que por qué cena vigilando? Pues porque no va a vigilar sin cenar. ¿Te parece mal que vigile? Y a mí también. Pero ¿podemos nosotros remediarlo? ¡Ah! Bueno, por eso... y ahora a dejárselo todo dispuesto y a su gusto. ¿Que lo hago demasiado deprisa? Es mi genio. Pero ¿lo hago mal? ¿No? ¡Ah! Bueno, por eso... Y no hablemos más. Ya está: en un volea. ¿Bebidas? ¡Claro! No iba a comer sin beber. Aunque tú bebes aunque no comas. ¿Lo niegas? Bien. Allá tú. Pero ¿es cierto, sí o no? ¿Sí? ¡Ah! Bueno, por eso. *(Yendo hacia* FERMÍN *y* LEONCIO.) ¿Y la señora? ¿Se fue? Lo supongo. Por aquí, ¿verdad? *(El primero derecha.)* Como si lo viera. ¿Que si voy a llamarla? Sí. *(Señalando a* LEONCIO *y mirándole.)* Este va a ser el criado nuevo, ¿no? Pues por la pinta no me parece gran cosa. ¿Que sí lo es? ¡Ah! Bueno, por eso... Aquí lo que nos hace falta es gente lista. Ahí os quedáis. *(Inicia el mutis.)* ¿Decíais algo? ¿Sí? ¿El qué? ¿Que no decíais nada? ¡Ah! Bueno, por eso... *(Se va por el primero derecha.)*

LEONCIO.– Y esta es otra loca de la familia, claro.

FERMÍN.– No. Esta es la señorita de compañía de doña Micaela y está en su juicio.

LEONCIO.– ¿Que está en su juicio?

FERMÍN.– Sí. ¿Es que ha notado usted algo raro en ella?

LEONCIO.– ¿Cómo que si he notado algo raro en ella? ¿Y usted no nota nada oyéndola hablar?

FERMÍN.– Yo es que ya no discierno, acostumbrado como estoy a... ¡Claro! Si no podré aguantar ni ocho días más... Si también el criado que estuvo antes que yo perdió la chaveta...

LEONCIO.– ¡Pero, hombre!

FERMÍN.– Si de aquí salgo para una celda de corcho...

LEONCIO.– No sea usted pesimista, caramba.

FERMÍN.– *(Mirando el reloj y alarmándose.)* ¡Ahí va! Dos minutos para el tren de San Sebastián. Hay que arreglarlo todo en un vuelo. *(Pone junto a la cama unas maletas y manipula en el «cine».)*

LEONCIO.– *(Siguiéndole.)* Oiga usted, ¿pero eso de San Sebastián era fetén?

FERMÍN.– ¿El qué?

LEONCIO.– El viaje del señor.

FERMÍN.– Hombre, claro. Rara es la noche que no se va a algún lado... No ve que tiene toda clase de cosas para distraerse y a ratos hasta tira al blanco desde ahí, que por eso exige que a su criado no le importen los tiros; pero llega un momento en que la cama le aburre, y necesita viajar.

LEONCIO.– Pero ¿sin moverse de la cama?

FERMÍN.– Sí, claro. De la cama no se mueve más que lo justo para que yo se la arregle por las mañanas. Y para estirar las piernas por aquí un ratillo, porque, si no, a estas horas ya estaría paralítico. ¿No ve que lleva así veintiún años?

LEONCIO.– ¡Hay que ver!

FERMÍN.– Pues para viajar acostado es para lo que tiene usted que aprender los horarios y los trayectos ferroviarios. Porque el señor, a veces, se duerme viajando, pero uno tiene que estar ojo avizor toda la noche para tocar la campana al salir el tren de cada ciudad, que hay que hacerla a la hora exacta; cantar los nombres de las estaciones y vocear las especialidades de la localidad.

LEONCIO.– Oiga usted, ¿y paran ustedes en muchos sitios?

FERMÍN.– La noche que el señor va en el correo, sí; pero otras noches, que tiene prisa, coge el rápido, y entonces la cosa es llevadera.

LEONCIO.– Y con este aparato, ¿qué hay que hacer?

FERMÍN.– Esto es para proyectar vistas de los sitios principales por donde se pasa. *(Se acercan ambos a la linterna.)* ¿Ve? *(Enseñándole una caja.)* Aquí están las del itinerario de San Sebastián, numeradas y por orden de proyección... *(Mirando el reloj.)* ¡La hora! Vamos allá. Siéntese usted ahí y fíjese bien en todo para que aprenda pronto...

(Toca el resorte de la pared y la especie de persiana de madera se levanta, descubriendo la cama, donde EDGARDO *está leyendo un libro.)*

EDGARDO.– ¿Qué? ¿Ya es la hora?

FERMÍN.– Sí, señor. Van a dar la salida.

EDGARDO.– ¿Tienes los billetes? ¿Has facturado los equipajes?

FERMÍN.– Sí, señor. Y aquí los bultos de mano. Todo está en regla, señor.

EDGARDO.– ¿No ha venido nadie a despedimos?

FERMÍN.– No, señor.

EDGARDO.– Mejor. Las despedidas son siempre tristes.

LEONCIO.– *(Que contempla la escena asombrado y sentado en un sillón. Aparte.)* ¡Chavó, qué imaginación!

FERMÍN.– *(Toca un pito, la campana, y luego una sirena.)* Ya salimos, señor.

EDGARDO.– ¡Andando! Llevamos muchísimo retraso, pero lo ganaremos mañana en Alsasua. Voy a echar una cabezadita hasta Villalba.

FERMÍN.– Hay parada en La Navata, señor.

EDGARDO.– Bueno, pero si voy dormido, no me despiertes. *(Se reclina en la almohada y cierra los ojos.)*

LEONCIO.– *(Aparte.)* Y viajando así no habrán descarrilado nunca, claro... (FERMÍN *se le acerca, sentándose en otro sillón.)*

FERMÍN.– ¿Que? ¿Se queda usted en la casa?

LEONCIO.– Pues, la verdad, lo estoy dudando.

FERMÍN.– Me lo temía. Tres aspirantes se han rajado al ver esto de los viajes.

LEONCIO.– Hombre, viendo esto se raja Emilio Salgari. No por el viajar en sí, que, ya ve usted, yo nací yendo mis padres a una becerrada en Busdongo, sino por el miedo ese de acabar en un manicomio, que a usted ha empezado a entrarle al cabo de cinco años, y que a mí ha principiado a rondarme ahora, al salir el tren.

FERMÍN.– Pero usted comprenderá que sueldos como estos no se ganan sin trabajo.

LEONCIO.– Hombre, claro.

FERMÍN.– Y viajar con el señor tiene sus ventajas, porque uno está autorizado a sentarse aquí toda la noche y a comer y a beber a discreción los productos de cada sitio por donde se pasa. Yo, en el último viaje que hicimos por Galicia, me harté de langosta y de vino del Riveiro.

LEONCIO.– ¡Arrea! Y hoy, ¿qué menú líquido tenemos en el itinerario?

FERMÍN.– Pues, empezando por leche fresca al cruzar Las Navas y acabando por chacolí, toda la lira.

LEONCIO.– Me está usted animando a quedarme.

(Por el primero derecha aparece MICAELA *con Caín y Abel.* LEONCIO, *al verla, intenta levantarse respetuoso.)* La señora mayor...

FERMÍN.– *(Sujetándole.)* ¡Chis! Siéntese, que en viaje tenemos autorización para no levantamos...

(Detrás de MICAELA *surge* PRÁXEDES, *animada de la velocidad de siempre.)*

PRÁXEDES.– *(A* MICAELA.) Todo lo tiene ya dispuesto la señora. Puede pasar a la mesa, ¿no? ¡Sí! Déme los perros la señora. ¿Sí?

MICAELA.– ¡No! Nunca, Práxedes. En noches como esta ya sabes que yo no me separo de ellos ni un instante.

PRÁXEDES.– ¡Ah! Bueno, por eso... Me parece haber oído el timbre de fuera. *(A* LEONCIO *y* FERMÍN.) ¿Vais vosotros a abrir o voy yo?

FERMÍN.– Nosotros estamos ahora en El Plantío.

PRÁXEDES.– ¡Ah! Bueno, por eso... *(Cruza vertiginosamente por entre los muebles y se va por la escalera del fondo)*

MICAELA.– *(Que se halla contemplando a* EDGARDO *y moviendo la cabeza pesarosamente.)* Hace falta estar más loco que un molino para viajar de esa manera... *(Deteniéndose delante de* LEONCIO.) ¿A usted qué le parece? A este *(Por* FERMÍN.) ya no le pregunto, porque, de cinco años de servir a mi hermano, se ha vuelto tan majareta como él...

FERMÍN.– *(Arrugando el entrecejo.)* ¿Eeeh?

MICAELA.– Pero usted, que viene de refresco, ¿qué me dice?... ¿Está en su sano juicio un hombre que se marcha así a San Sebastián?

LEONCIO.– *(Sin saber qué decir.)* Yo, señora... Yo creo... En mi modesta opinión...

MICAELA.– ¡Y esta noche! Cuando los ladrones van a llegar de un momento a otro...

LEONCIO.– *(Sorprendido.)* ¿Eh? *(Acordándose de que* MICAELA *está igual que* EDGARDO, *por lo menos.)* ¡Ah, sí! Claro, claro... En esta noche es una imprudencia.

MICAELA.– ¿Una imprudencia?... Locura lo llamo yo el abandonar la casa hoy para irse tan lejos. Sin contar con que San Sebastián en marzo es muy frío, y que volverá con un catarro... *(Va hacia la mesa donde está la cena servida, se sienta con un perro a cada lado y se pone a cenar.)*

FERMÍN.– *(Como hablando consigo mismo.)* No. Y en eso tiene razón.

LEONCIO.– *(Asombrado.)* ¿Qué dice usted?

FERMÍN.– ¿He dicho yo algo?

LEONCIO.– Me ha parecido que decía usted que en eso tenía razón.

FERMÍN.– *(Levantándose nervioso.)* ¡Claro! Si no podré aguantar ocho días más... Si estoy viendo que me convierto en lo que yo me sé...

LEONCIO.– *(Aparte, mirándole escamado.)* ¡Arrea!

FERMÍN.– Si no podía ser de otra manera... *(Mira e! reloj de pronto.)* Menos veinte... *(Va a la campana y la hace sonar.)* ¡La Navata!... ¡Un minuto!

LEONCIO.– *(Aparte.)* Pues, señor, ¿adónde he venido a caer? *(En ese instante por la escalera del fondo aparecen* MARIANA *y* CLOTILDE, *vestidas tal como lo estaban en el prólogo, y con facilidad que demuestra un gran entrenamiento, atraviesan por entre los muebles hacia el primer término.)*

FERMÍN.– *(A* LEONCIO.) Ya no tenemos parada hasta Villalba. Nos podemos ir un rato abajo, a tomar el primer tentempié.

LEONCIO.– Lo que usted quiera, que a mí no me gusta contradecir.

FERMÍN.– Sígame con mucho tiento. *(Aparte, señalando a* MARIANA *y* CLOTILDE.) La hija del señor y su tía. Iban a ir a un concierto con los señores de Ojeda, pero acabaron yéndose solas y dejándolos a ellos de a pie. *(Al cruzarse por entre los muebles con* CLOTILDE *y* MARIANA, *saludando.)* Señorita... Señora...

LEONCIO.– Señorita... Señora...

CLOTILDE.– *(A* FERMÍN.) ¿Estáis de viaje, Fermín?

FERMÍN.– Sí, señora. Hace diez minutos que hemos salido para San Sebastián.

CLOTILDE.– ¡Válgame Dios! Pues avísame cuando vayáis a Valencia, que quiero ver las fallas.

FERMÍN.– Señora... *(Aparte, en el mutis, a* LEONCIO, *refiriéndose a* CLOTILDE.) Esta siempre anda guaseándose de todo, pero está peor que ninguno.

LEONCIO.– *(Asombrado.)* ¿Qué me dice usted? *(Se van ambos, después de atravesar el moblaje, por la escalera del fondo.* MARIANA, *que entró delante de* CLOTILDE *con aire abatido y gran depresión, se deja caer en un sillón no lejano a* MICAELA, *que sigue comiendo mientras habla.)*

MICAELA.– ¿Os vais o venís?

CLOTILDE.– Venimos. Porque para irnos no andaríamos de fuera adentro, sino de dentro afuera.

MICAELA.– ¡Hum! Ya estás armándote líos... Me gustaría oírte decir alguna vez algo que fuese claro y razonable... *(Encarándose con* MARIANA.) Y a ti, ¿qué te pasa, niña?

MARIANA.– Nada.

MICAELA.– Estás pálida y ojerosa.

MARIANA.– Puede.

MICAELA.– Y triste.

MARIANA.– Quizá.

MICAELA.-Te pondré la caja de música. A tu hermana también le gustaba mucho. Y de pequeñitas, teníais dos iguales. *(Coge una caja de música de un mueble próximo, la coloca cerca de* MARIANA *y le da al resorte. La caja de música empieza a sonar.* MICAELA *vuelve a comer.* CLOTILDE, *en pie y quitándose la salida de teatro, contempla la escena en silencio. Así transcurren unos instantes, en que sólo se oye la música de la caja. De pronto,* MARIANA *estalla en sollozos y llora, con la cara oculta entre los brazos doblados sobre el sillón.* MICAELA *la mira sin dejar de comer.* CLOTILDE *mueve la cabeza con lástima. Luego se acerca a la cama de* EDGARDO *y observa a éste.)*

EDGARDO.– *(Abriendo los ojos.)* No duermo, no. Acércate.

CLOTILDE.– ¡Ah! Como tenías los ojos cerrados...

EDGARDO.– Me desperté al llegar a La Navata; pero, aunque no hubiera sido así, me habría despertado tu voz. (CLOTILDE *ha subido la gradilla y se ha sentado en los pies de la cama, dando frente al público.)* Tu voz, que está siempre dentro de mí, y... *(Le coge una mano.)*

CLOTILDE.– *(Desasiéndose y bromeando para distraer la atención de* EDGARDO.) Más te valía, Edgardo, levantarte y marcharte a La Navata de veras, un día que hiciera sol...

EDGARDO.– *(Cortándola.)* ¿Levantarme? Bien sabes que eso depende de ti. Que por ti renuncié, hace muchos años, a todo lo del mundo, el día que llegaste del Internado de Burdeos y te pedí en vano que iluminases mi reciente viudez. Y bien sabes que seguiré renunciando a todo mientras tú no...

CLOTILDE.– *(Cortándole de nuevo.)* ¡Bueno! Ya veo que hoy no se puede hablar contigo. *(Levantándose.)* Te hubiera hecho compañía hasta Villalba, pero le tengo miedo al revisor... *(Se aparta de la cama, bajando de nuevo la gradilla y queda contemplando el grupo que forman* MICAELA *y* MARIANA.)

MICAELA.– *(Que ha dejado de comer y se halla inclinada sobre* MARIANA, *la cual sigue con el rostro oculto entre los brazos.)* Ya comprendo lo que te pasa, pero no te preocupe a ti ningún ladrón mientras tu tía Micaela vigile. Voy a dar otra vuelta por el jardín con Caín y Abel... No temas nada... *(Se aparta de* MARIANA, *que no se ha movido de su postura, e inicia el mutis por el primero derecha, llevándose los perros. Al pasar ante la cama, se encara con* EDGARDO.) ¡Viajar hoy! ¡Ponerse en viaje hoy! (EDGARDO *la mira con rabia, le da al resorte y la especie de persiana de madera comienza a bajar.* MICAELA, *patética.)* ¡Sí! ¡Aíslate! ¡Aíslate, como dicen que hace el avestruz cuando tiene miedo!... ¡Siempre hiciste igual en los trances graves!

EDGARDO.– *(Mirándola rabiosamente.)* ¡Micaela! *(La persiana baja del todo.)*

MICAELA.– ¡Hum! Éste acabará donde acabó Cecilio... *(Se va por el primero derecha.)*

CLOTILDE.– *(Acercándose a* MARIANA, *que sigue llorando en silencio.)* No llores más, que nadie te lo va a agradecer; ni tus pestañas.

MARIANA.– *(Enderezándose y enjugándose las lágrimas.)* Tienes razón; pero no se llora por cálculo, tía Clotilde. Se llora buscando un desahogo: para calmar los nervios; y, a veces, si no se llorase, se volvería una loca...

CLOTILDE.– *(Iniciando el mutis por entre los muebles.)* Eso también es verdad. ¡Si en esta casa se hubiese llorado un poquito!... Pero aquí no lloran más que los niños... para que se los lleven cuanto antes. *(Mirando el reloj, aparte.)* ¡Huy! Las doce menos diez... *(Alto, a* MARIANA.) Voy a... quitarme esto. *(Por el vestido. Se marcha por el tercero izquierda.* MARIANA *queda sola, echada en el sillón, con la mirada perdida. Unos momentos después se endereza, da cuerda a la caja de música, hace actuar el resorte y, apoyada de codos en un brazo del sillón, permanece inmóvil un buen rato, escuchando la sonnerie de la caja con los ojos cerrados. En esa postura, y sin que se dé cuenta de ello, la sorprende la entrada de* FERNANDO, *que aparece, vistiendo como en el prólogo, por la escalera del fondo.* PRÁXEDES *le precede.)*

PRÁXEDES.– *(Refiriéndose a* MARIANA.) Aquí está ¿no? ¡Sí! Aquí está. ¿Quiere el señorito que...?

FERNANDO.– ¡Chis, no! No le diga nada. Prefiero sorprenderla.

PRÁXEDES.– ¡Ah! Bueno, por eso... *(Se va por la escalera.* MARI ANA *no ha oído nada, ni oye avanzar a* FERNANDO por entre los muebles, el cual se detiene unos momentos a escuchar.)

FERNANDO.– *(Inclinándose hacia ella, con grave emoción en la voz. Muy bajito.)* Mariana... *(Un poco más alto.)* Mariana...

MARIANA.– *(Volviéndose bruscamente y dejando escapar un ligero grito.)* ¡Oh!

FERNANDO.– *(Precipitadamente. Con temor.)* No me huyas... No te vayas... Te lo suplico...

MARIANA.– *(Mirando a* FERNANDO *con la expresión embelesada que tuvo para él al entrar en el «cine», en el prólogo.)* No iba a marcharme. No iba a huir.

FERNANDO.– *(Da un suspiro de alivio, dejándose caer en un sillón al lado.)* Dios te lo pague...

MARIANA.– *(Mirándole fijamente.)* ¿Eh?

FERNANDO.– *(Como en un soliloquio.)* Porque si ahora me hubieras rechazado como me has rechazado dos veces esta noche y en tantas otras ocasiones, no sé... ¡no sé lo que hubiera sido de mí! *(Reclinándose hacia atrás y respirando con ansia.)* Ahora siento un descanso de pensar que podremos entendemos... Un descanso y una esperanza...

MARIANA.– Yo también. *(Se reclina igualmente hacia atrás. Durante unos momentos ambos se hablan sin mirarse.)*

FERNANDO.– Eres para mí una cosa tan sólida y estás tan atada a mi corazón...

MARIANA.– Como tú...

FERNANDO.– Y te noto al mismo tiempo tan frágil, tan fácil de perder, tan fugitiva...

MARIANA.– Igual que tú... Igual que tú...

FERNANDO.– Reunirme contigo, tenerte al lado, mirarte, hablarte, es una obsesión que no me da tregua;

pero siempre tiemblo de conseguirlo, porque nunca sé si vas a abrirme los brazos o vas a ahuyentar todos mis sueños con una mirada.

MARIANA.– A mí me ocurre igual. Suspiro por hablarte, y por verte, y por tenerte al lado, y siempre me aterra la duda de si en aquel día y en aquella ocasión voy a encontrarme con el que me fascina o con el que me repele. Pero evitar lo que nos sucede a los dos depende de ti solo.

FERNANDO.– ¿De mí solo?

MARIANA.– Sí. Porque yo no soy más que tu reflejo, y siento siempre hacia ti las mismas ansias. En mí no habría cambios nunca si no los hubiera en ti. Mis cambios no están en mi voluntad, porque, desde que te vi la primera vez, mi voluntad es la tuya. Pero tú... Tú sí varías de un modo voluntario. Tú, cuando varías, es porque haces un esfuerzo violento para variar.

FERNANDO.– *(Después de mirarla unos instantes, levantándose y paseándose con la vista en el suelo.)* Lo has notado...

MARIANA.– *(Levantándose rápidamente y reuniéndose con él. Nerviosamente, con una alegría delirante e irreprimible emoción.)* Luego... era verdad, ¿eh? ¡Era verdad! ¡Ah! Yo sabía bien lo que me decía... ¡Has disimulado una vez y otra! Y ¿por qué disimulabas? ¿Qué estás ocultándome desde que nos conocimos? Dímelo... Cuéntamelo... ¡Ven! *(Le lleva a un sofá y se sienta a su lado.)* Ahora no me lo negarás. Estoy segura de que ahora no vas a negármelo. *(En voz baja.)* ¿Tengo yo algo que ver con ese misterio? ¡Sí! Sí tengo que ver. Mil detalles me lo indican; y palabras y gestos tuyos: palabras de esas que se escurren al hablar sin que uno sepa cómo, y gestos de los que ni uno mismo se figura que ha hecho. Ese misterio y yo formamos tu vida, ¿no es así? Y en ello ninguna otra mujer podría sustituirme.

FERNANDO.– Ninguna.

MARIANA.– *(Radiante.)* ¡Bien me lo anunciaba el corazón! *(Como antes.)* Ni siquiera una mujer más guapa que yo ni más bonita que yo...

FERNANDO.– No.

MARIANA.– Ninguna otra, ¿verdad?

FERNANDO.– Ninguna otra.

MARIANA.– Porque tengo que ser yo, esencialmente yo, exclusivamente.

FERNANDO.– Sólo tú.

MARIANA.– *(Insinuante.)* Y yo misma... , si tuviera otra cara... , ya no te importaría...

FERNANDO.– *(Alzando rápido la cabeza y mirándola a los ojos.)* ¡Mariana!

MARIANA.– *(Sonriendo.)* No te asustes. Hasta ahí nada más llegan mis observaciones. *(induciéndole a hablar.)*

Pero... ¿qué hay detrás de todo eso?... Es lo que necesito saber, ¡Y lo que tiemblo de saber! *(Apasionadamente.)* Pero si no me hicieras temblar, tú no serías tú, y entonces... yo no te querría como te quiero. *(Después de una pausa.)* Ni estaría dispuesta a ir a la finca esta noche...

FERNANDO.– *(Pasando de un golpe, al oírla, a un estado febril.)* ¿Esta noche? ¿Vendrás esta noche? *(Oprimiendo las manos de ella entre las suyas.)* ¿Vas a venir por fin?

MARIANA.– *(Dulcemente.)* Sí, pobrecito mío... Sí.

FERNANDO.– *(Transportado.)* ¡Mariana!

MARIANA.– Voy a ir... Voy a ir *(El le cubre las manos de besos.)* Pues, de no ser hoy, de no ser esta noche, de no ser en las larguísimas horas que faltan hasta que amanezca, ¿para qué había yo de ir?

FERNANDO.– *(Mirándola como antes.)* ¿Qué dices?

MARIANA.– *(Sonriendo, también igual que antes.)* No supongas que sé lo que no sé. Pero he comprendido también que el día aún tienes fuerzas para soportarlo allá, y que es la noche la que no puedes soportar. ¿Me engaño?

FERNANDO.– No.

MARIANA.– Y, al mismo tiempo, no puedes marcharte de allí... Hay algo que te liga y te ata a aquellas paredes...

Algo que te llama cuando te ve y a cuya llamada no puedes permanecer insensible.

FERNANDO.– Sí.

MARIANA.– *(Replegándose contra él.)* Voy a ir a explorar aquel antro. Tanto me lo has descrito, que estoy deseando conocerlo. ¿Tú ocupas el ala derecha o la izquierda?

FERNANDO.– La izquierda. La derecha la habita el tío con sus gatos, sus libros y sus chirimbolos.

MARIANA.– La tuya es la izquierda, justamente; la que está junto al estanque y en la parte más tupida del jardín, ¿no?

FERNANDO.– Sí.

MARIANA.– ¿Y no dará miedo llegar de noche, a oscuras y alumbrados nada más que por los faros del coche? Sí, seguramente dará miedo. En los jardines grandes siempre hay ruidos misteriosos, y también, a veces, un silencio raro... El coche avanzará machacando la arena, con ese crujido que es como si se pisase azúcar. Nos pararemos ante la fachada cubierta de hiedra. Abrirás la puerta al resplandor de los faros, echándote a un lado para no quitarle tú mismo la luz. Yo esperaré con un nudo en la garganta. Por fin cede la puerta, entramos... y ¿qué nos aguarda dentro?

FERNANDO.– Muebles antiguos que luchan contra la carcoma... Cuadros borrosos...

MARIANA.– ¿Qué más?

FERNANDO.– Un criado viejo que no ve, ni oye, ni entiende, y que ya sirvió a mi padre y a mi abuelo...

MARIANA.– ¿Qué más?

FERNANDO.– Polvo... Porque el criado limpia muy mal, o quizá no limpia de ninguna manera...

MARIANA.– ¿Qué más? ¿Qué más?

FERNANDO.– Alguna chuchería en el comedor. Y una botella de vino añejo para que a ti, tomando una copita, se te pase el susto...

MARIANA.– ¿Nada más?

FERNANDO.– *(Abrazándola.)* Y mis brazos... Y mis besos... (MARIANA *se levanta de un modo rígido, sin expresar nada en el semblante.)* ¿Eh?... ¿Te marchas? *(Se levanta también.)*

MARIANA.– Voy a cambiarme de ropa.

FERNANDO.– *(Haciendo ademán de sujetarla.)* Pero...

MARIANA.– No me parece este vestido el más apropiado para ir a tomar una copita de vino añejo...

FERNANDO.– Es que...

MARIANA.– Vuelvo pronto. *(Se va rápidamente por el tercero izquierda.* FERNANDO *la ve marchar inmóvil. Cuando ella ha desaparecido, se pasea nerviosamente, frotándose una mano contra otra de un modo que se ve que se hace daño.)*

FERNANDO.– No irá... No irá, y tiene que ir... *(De pronto, mirando hacia el mueble donde está la caja de música se detiene; mira a su alrededor, como si quisiera persuadirse de que está solo, y rápidamente va a la caja, le da cuerda y la hace sonar.*
Después de escuchar unos momentos la música de la caja.) ¡Tiene que ir!... *(En la escalera se oyen las voces de* FERMÍN *y* LEONCIO. FERNANDO *para la caja de música y adopta un aire indiferente, encendiendo un cigarrillo.)*

LEONCIO.– *(Apareciendo con* FERMÍN *por la escalera.)* ¡Lástima que el viaje no sea por tierras de Toledo, con el vino que hay en Arganda!...

FERMÍN.– El señorito Ojeda... Buenas noches tenga el señorito.

FERNANDO.– ¡Hola, Fermín! ¿Cómo estás?

FERMÍN.– Pues como siempre: en ruta. *(A* LEONCIO, *que se va por otro lado.)* Por aquí, que por ahí no hay salida. *(Avanzan ambos.)* Hoy ha tocado San Sebastián: no pegar un ojo hasta las diez de la mañana.

FERNANDO.– ¿Y te cansa?

FERMÍN.– Con la venia del señorito, estoy ya hasta el pelo. Yo no aguanto los días que faltan para que éste *(Por* LEONCIO.), que es el que me va a sustituir, se imponga en su oficio. Porque... *(Acercándose a* FERNANDO, *con misterio.)*, porque me estoy contagiando, señorito.

FERNANDO.– ¿Qué me dices?

FERMÍN.– Pequeñas cosas, claro. Pero por ahí se empieza. Ya no puedo subir ni bajar las escaleras sin contar los peldaños.

FERNANDO.– No me extraña. *(Como quien tiene una idea de pronto.)* ¿Te gustaría pasar a mi servicio?

FERMÍN.– Si el señorito quiere, la que es por mí..., en cuanto que deje a este *(Por* LEONCIO.), impuesto...

FERNANDO.– Está dicho. *(Echándose mano a la cartera.)* Toma la señal del primer mes. *(Le da unos billetes.)*

FERMÍN.– ¿Eh? Pero si no hace falta que el señorito se moleste. Si yo...

FERNANDO.– Guárdatelo.

FERMÍN.– *(Aparte.)* ¡Ochenta duros de señal!

LEONCIO.– *(Aparte.)* Señal de que se va usted a hinchar.

FERMÍN.– Muchas gracias, señorito Fernando... Yo le aseguro al señorito que...

FERNANDO.– Oye, un momento. *(Le llama aparte.)*

FERMÍN.– *(Acude.)* Dígame el señorito...

FERNANDO.– Necesito tu ayuda para un asunto. ¿Dónde podemos hablar a solas?

FERMÍN.– Abajo, en la biblioteca.

FERNANDO.– Pues anda, que ahora voy yo.

FERMÍN.– Muy bien. Voy un momento a echar un vistazo al señor, y bajo. Debe de haberse dormido, pero como dentro de un rato llegamos a Villalba, a lo mejor... *(Se dirige al hueco de la derecha para hacer funcionar la persiana, pero antes que lo haga se oye dentro un gran ruido, voces de gentes que se acercan, ladridos de perros y, dominándolo todo, los gritos de* MICAELA.)

LEONCIO.– ¿Eh?

FERNANDO.– ¿Qué es eso? ¿Qué pasa?

LEONCIO.– ¡Aguanta!

FERMÍN.– ¿Qué ocurre ahí?

CLOTILDE.– *(Dentro.)* ¡Sujetad los perros!

LUISA.– *(Dentro.)* ¡Ya están!

MICAELA.– *(Dentro.)* ¡Yo siempre sé lo que me digo!

CLOTILDE.– *(Dentro.)* Y ayudadme...

PRÁXEDES.– *(Dentro.)* ¿No le basto yo? ¡Ah! Bueno, por eso...

MICAELA.– *(Dentro.)* ¡Yo siempre tengo razón! ¡Yo siempre tengo razón!

CLOTILDE.– *(Dentro.)* ¡Calla, Micaela!

MICAELA.– *(Dentro.)* ¡No quiero! ¡No quiero callar! *(La primera que surge por la escalera del fondo es* MICAELA, *que viene en tal actitud de desvarío, que ni ve por dónde anda ni a los que están en escena.)* ¡Todos habláis de mí como de una loca, como si yo no supiera lo que me digo! ¡Y sé lo que me digo! Ya lo estáis viendo. El lunes anuncié ladrones para hoy, y ¡ahí los tenéis! ¡Ya ha caído uno! *(Entre tanto, por la escalera, ha entrado y avanza por entre los muebles un grupo formado por* CLOTILDE, *que viste un traje de calle muy sencillo;* PRÁXEDES *y* LUISA, *que es una doncella joven, trayendo en medio a* EZEQUIEL, *el cual viene muy pálido, quejándose gravemente, con el abrigo roto, la pechera del smoking hecha un higo, la corbata y el cuello en una mano y la otra liada en un pañuelo.)*

FERNANDO.– *(Asombrado.)* ¡Tío Ezequiel!

FERMÍN.– ¡El señor Ojeda!

MICAELA.– *(Yendo de un lado a otro.)* ¡Ya ha caído uno! ¡Ya ha caído uno!

CLOTILDE.– ¡Calla, Micaela, calla! *(A* LUISA.) Tú, trae árnica y algodón, que el señor debe de tener mordeduras.

LUISA.– Sí, señora. *(Se va por la escalera.)*

EZEQUIEL.– ¡Y agua!

CLOTILDE.– ¡Y agua! Un vaso de agua para el susto.

PRÁXEDES.– Agua, hay aquí. ¿Qué dice? ¿Qué no? ¡Ah! Bueno, por eso... *(Le sirve un vaso de la mesa a* EZEQUIEL.)

EZEQUIEL.– Yo debo de estar malísimo, porque veo la habitación llena de muebles.

FERNANDO.– Y lo está realmente, tío Ezequiel.

EZEQUIEL.– ¡Vaya! Menos mal. Eso me tranquiliza.

CLOTILDE.– ¡Qué cosa tan desagradable, Dios mío! Tiene usted mordeduras, ¿verdad?

EZEQUIEL.– Sí. Tengo de todo.

CLOTILDE.– ¡Claro! Si Micaela le echó encima a Caín y a Abel...

FERNANDO.– ¿Te han mordido los perros, tío?

EZEQUIEL.– ¿Los perros? No. Aquella señora. *(Señala a* MICAELA.) Los perros no hacían más que ladrar los animalitos. Pero aquella señora... Sujetadla bien, que no vuelva.

CLOTILDE.– No tenga cuidado, que estoy yo aquí.

EZEQUIEL.– También estaba usted antes... ¡y ya ha visto!

FERMÍN.– No tema el señor. Ahora la vigilo yo.

FERNANDO.– Pero ¿cómo ha podido ocurrir? Yo te hacía en el cine...

EZEQUIEL.– Me marché aburrido, y me dio la idea de venir a buscarte...

FERNANDO.– ¿A buscarme? ¿Y para qué tenías que venir a buscarme?

EZEQUIEL.– Te habías ido del cine tan excitado... Y por si tenías algún otro disgusto con Mariana, para consolarte y hacerte compañía...

FERNANDO.– *(Con aire de no creer lo que le dice.)* ¡Ah! Sí, sí...

EZEQUIEL.– Llegué; iba a llamar, cuando vi que se habían dejado la verja abierta, y entonces entré...

CLOTILDE.– Yo, yo... Yo que… había bajado... porque me dolía mucho la cabeza…, pues le encontré de manos a boca.

EZEQUIEL.– Y estábamos hablando cuando surgió esa señora con los dos hijos de Adán. Se me echaron los tres encima, y...

CLOTILDE.– Es Micaela, la hermana de Edgardo.

FERNANDO.– La que no sale de su cuarto por el día.

EZEQUIEL.– Y la que colecciona búhos.

FERNANDO.– ¡Pobre señora! Voy a saludarla.

EZEQUIEL.– Ten cuidado, que muerde. (FERNANDO *va hacia* MICAELA *que se ha sentado en un extremo de la escena. Por la escalera,* LUISA, *con el frasquito y un paquete de algodón.* MARIANA *aparece por el tercero izquierda, en traje de calle, sin sombrero.)*

LUISA.– El árnica y el algodón.

MARIANA.– *(Avanzando al primer término.)* Pero ¿qué ocurre?

FERNANDO.– *(A* MICAELA.) Permítame, señora, que le presente mis respetos, y...

MICAELA.– *(Levantándose al verle y dando un grito terrible.)* ¡Oooh!

FERNANDO.– *(Retrocediendo un paso.)* ¿Eh?

EZEQUIEL.– *(A* FERNANDO.) ¿Lo ves?

MICAELA.– *(A* FERNANDO, *echando lumbre por los ojos.)* ¿Qué hace usted aquí?

FERNANDO.– *(Sin comprender.)* ¿Cómo?

MICAELA.– ¿A qué viene usted aquí, después de tantos años?

FERNANDO.– *(Estupefacto.)* Pero ¿qué dice?

TODOS.– ¿Eh?

CLOTILDE.– ¿Qué dices, Micaela? *(Todos los personajes van hacia* MICAELA, *y, a la cabeza de todos,* MARIANA, *que es la única que se atreve a acercársele.)*

FERMÍN.– *(Aparte, a* LEONCIO, *poniéndose uno a cada lado de* MICAELA.) Esté usted al cuidado por ese lado, que de éste me ocupo yo. No aguanto; no aguanto ocho días más...

MICAELA.– *(A* FERNANDO, *furibunda.)* ¡Váyase de aquí, canalla! ¡Canalla!

CLOTILDE.– Pero Micaela...

MARIANA.– Tía, tranquilízate, tía...

MICAELA.– ¡Me prometió usted no volver más! ¿Por qué ha vuelto?... ¿Por qué?

CLOTILDE.– *(A* PRÁXEDES *y* LUISA.) ¡Sulfonal! ¡Cloral! ¡Calmantes!

PRÁXEDES.– Sí, señora. *(Se va escamada por la escalera.)*

CLOTILDE.– Y la caja de las inyecciones, por si acaso.

LUISA.– Sí, señora. *(Se va detrás de* PRÁXEDES.)

MARIANA.– No hace falta nada. Dejadme a mí.

MICAELA.– ¡Márchese ! ¡Márchese! ¡Márchese!

MARIANA.– Ya se marcha. Ahora mismo se va a marchar, tía Micaela; no te excites. Y tú, ven conmigo. Anda: vamos a vigilar al jardín. Te haré compañía toda la noche. *(Dedicándole la frase a* FERNANDO.) No me separaré de ti en toda la noche. Hablaremos... *(Dedicándole la frase a* FERNANDO *nuevamente.)* Y me contarás... ¡Me contarás! *(Se la va llevando por el primero derecha, mirando a* FERNANDO.)

MICAELA.– *(En el mutis.)* ¡Infame! Haber vuelto... Haber vuelto... *(Se van ambas.)*

CLOTILDE.– Fermín, ¿es ese el criado nuevo? *(Por* LEONCIO.)

FERMÍN.– Sí, señora.

CLOTILDE.– Pues que se vaya detrás de la señorita Mariana y que no la pierda de vista hasta que tenga la seguridad de que se ha acostado.

FERMÍN.– *(A* LEONCIO.) Ya lo oye usted.

LEONCIO.– Señora... *(Se va por el primero derecha. Hay una pausa.)*

CLOTILDE.– *(A* FERNANDO, *rompiendo el silencio.)* ¿Había usted visto alguna vez antes de ahora a mi tía Micaela?

FERNANDO.– Jamás. Puedo jurárselo.

EZEQUIEL.– Tampoco yo la conocía personalmente, pero desde hoy ya no se me despinta.

CLOTILDE.– Lo de usted es distinto, porque usted estaba en el jardín, y ella lo recorría buscando ladrones.

EZEQUIEL.– Siempre es un honor para uno. Pero, de todas maneras, no creo calumniarla diciendo que esa señora no parece estar completamente en su sano juicio, y diga lo que diga...

FERMÍN.– Perdón, señora; pero... *(Consultando su reloj.)* Si a la señora no le molesta... Estamos llegando a Villalba, y no tengo más remedio que... La obligación es la obligación. Con permiso. *(Va a la pared, da al resorte de la persiana y ésta comienza a subir. Entonces* FERMÍN *deja escapar un grito.)* ¡No!

CLOTILDE, FERNANDO y EZEQUIEL.– ¿Qué?

FERMÍN.– ¡Que no está el señor! *(En efecto, la cama aparece vacía.)*

CLOTILDE.– ¡No es posible! *(Va hacia allí.)*

FERMÍN.– Se ha levantado.

CLOTILDE.– ¿Qué se ha levantado? Pues es verdad. Se ha levantado...

FERMÍN.– *(A* FERNANDO, *aparte.)* En veintiún años no ocurre esto, señorito. ¡Me voy mañana!

CLOTILDE.– *(A* FERMÍN.) Fermín, busca al señor. Díselo a las chicas, y dilo en la cocina. Que le busquen todos. Y que cierren la verja con llave, no se vaya a la calle.

FERMÍN.– Sí, señora. *(Se va rápidamente por la escalera.)*

EZEQUIEL.– Ayúdalos, Fernando.

FERNANDO.– Sí. *(Se va detrás de* FERMÍN.)

CLOTILDE.– *(Pasándose una mano por la frente.)* ¡Dios mío! Esto no es vivir.

EZEQUIEL.– *(Con ansia.)* ¿Qué?

CLOTILDE.– Ya lo ve usted. No hay nada de lo dicho. Esta noche me es imposible. ¡Y bien lo siento!

EZEQUIEL.– ¿Y mañana? Podemos reunimos a la misma hora, pero fuera de aquí...

CLOTILDE.– Mañana, si no surge algo, sí. Sin falta.

EZEQUIEL.– Pues mañana daré por bien empleado el susto de hoy.

CLOTILDE.– Pero ahora debe usted curarse un poco esas contusiones. Venga usted. *(Le lleva al tercero izquierda.)* Vaya a mi cuarto de baño. Por ahí, la tercera puerta a la izquierda. Entre tanto, haré que le repasen el abrigo, y traiga el smoking, para que le cosan el botón. *(Le quita el smoking y se queda con él.)*

EZEQUIEL.– Muchas gracias, Clotilde. Es usted la mujer más extraordinaria que he conocido. Claro que en la familia de ustedes todo el mundo es extraordinario...

CLOTILDE.– Y en la suya, Ezequiel, en la suya.

EZEQUIEL.– Bueno. Quizá en la mía también. Hasta ahora. *(Se va por el tercero izquierda. Inmediatamente que él desaparece,* CLOTILDE *va rápidamente al primer término y se pone a registrar febrilmente el smoking.)*

CLOTILDE.– Tiene que haber algo... Tiene que llevar algo... *(Sus dedos tocan algo que la emociona.)* ¡Ah! Ya me lo figuraba yo... *(Saca un cuadernito.)* Un cuaderno de notas. *(Lo hojea, nerviosa.)* Algo tiene que traslucirse de... ¡Aquí! *(Leyendo.)* «Juanita. Pelo negro. Ojos verdes. Edad imprecisa. Vino a mí por medio de un anuncio el doce de abril; la llevé a la finca, aunque se resistía, al día siguiente. La maté el tres de mayo. (CLOTILDE *ahoga un grito.)* Tardó en morir hora y media. Felisa. Pelo rubio. Ojos azules. Joven. La encontré en la calle una noche a mediados de junio. No quería ir a la finca, y para lograrlo, tuve que recurrir al cloroformo. Murió inmediatamente. De madrugada.» *(Pasa hojas con ansia, leyendo para sí, con los ojos muy abiertos. De pronto sofoca otro grito y lee a media voz.)* «Jueves. Cita con Clotilde.» *(Por el tercero izquierda ha entrado de nuevo* EZEQUIEL, *muy pálido; avanza por entre los muebles sin quitar la vista de* CLOTILDE *y sin hacer ruido. Cuando se halla al lado se da cuenta de que* CLOTILDE *está leyendo el cuadernito, y entonces se lanza hacia ella, furioso.)*

EZEQUIEL.– ¿Qué hace usted ahí? ¿Qué lee usted?

CLOTILDE.– ¡Oh!

EZEQUIEL.– ¡Traiga usted! *(Le arranca el librito.)* ¡Traiga usted eso! *(Le quita también el smoking y se lo pone. Haciendo un esfuerzo para calmarse.)* Usted perdone, Clotilde... Pero... Uno tiene ciertas manías... *(Como si tuviera una idea súbita, va hacia su abrigo, que quedó sobre un mueble y registra los bolsillos. Al no encontrar nada, se vuelve hacia* CLOTILDE.) ¿No ha sacado usted de aquí un frasquito?

CLOTILDE.– ¿Un frasquito?

EZEQUIEL.– Sí. Un frasquito que había en el bolsillo de la derecha. ¡Ah! No; perdone, que se lo di a Fernando...

CLOTILDE.– ¿Qué?

EZEQUIEL.– Pues uno tiene ciertas manías, Clotilde. Y a veces escribe uno tonterías... Cosas sin importancia, pero que no gusta que los demás las vean... *(Con la mayor indiferencia de que es capaz.)* ¿Leyó usted algo?

CLOTILDE.– *(Haciendo también un esfuerzo sobre sí misma.)* Nada... No me dio tiempo. El cuaderno se cayó al suelo al coger el smoking, y por simple curiosidad... (EDGARDO *cruza por la derecha.)*

EZEQUIEL.– Claro, Claro... A cualquiera le hubiera ocurrido igual. *(Por el tercero derecha aparece* EDGARDO *envuelto en un batín.)*

EDGARDO.– ¿Qué? ¿Preocupados por mí? Y a lo mejor, buscándome por toda la casa mientras yo estaba en mi cuarto arreglándome... Buenas noches, Ojeda.

EZEQUIEL.– Buenas noches. *(El y* CLOTILDE *miran muy fijos a* EDGARDO.)

EDGARDO.– ¿Qué? ¿Les extraña que me haya levantado?

EZEQUIEL.– En absoluto.

CLOTILDE.– ¿Por qué nos va a extrañar, Edgardo?

EDGARDO.– *(Mirándolos con asombro.)* ¿Que por qué les va a extrañar? *(Sonriendo.)* ¡Ah, vamos! Se trata de llevarme la corriente, como si estuviera loco, ¿no? *(Encarándose muy fijo con* EZEQUIEL.) ¿No, Ojeda? ¿Eh? ¿No?

EZEQUIEL.– *(Asustado.)* Sí... o no... En fin: lo que usted quiera, Briones; lo que usted quiera... *(Buscando sitio por donde escapar.)* Voy a... Voy a acabar de hacerme la cura... Con permiso... Vuelvo en seguida... En seguida vuelvo... *(Inicia el mutis, acoquinado, sin dejar de mirar a* EDGARDO, *por el tercero izquierda. Aparte.)* ¡Está cada día peor!... Van a tener que ponerle el pijama de fuerza… *(Se va.)*

EDGARDO.– *(Con naturalidad.)* Si no le asusto, no se va.

CLOTILDE.– ¿Eh?

EDGARDO.– *(Yendo hacia ella.)* Óyeme, Clotilde. En este momento estoy en mi juicio. Te diría que estoy siempre en mi juicio, si no fuera porque eso es tan difícil de creer... ¡Tan difícil! Pero no tiene nada que ver que uno viva de un modo disparatado y siempre en locura aparente para... La primera condición del loco es negar que lo está; por eso, es casi imposible que me creas ahora... Pero, ¡Dios mío!, necesito que me creas, Clotilde.

CLOTILDE.– Te creo.

EDGARDO.– ¿Qué?

CLOTILDE.– Te creo, Edgardo. No sé qué se desprende de ti y qué hay en la expresión de tus ojos, que te creo.

EDGARDO.– Bendito sea Dios, entonces. Porque con todo lo que ignoras, ¿cómo habrías de creer ahora en mí, si no fuera por puro instinto? Tú pudiste haberme salvado con tu cariño en un momento horrible de mi vida, Clotilde. Pero no quisiste, y, acorralado de miedo al porvenir, entre matarme o sepultarme ahí, en esa cama, mi falta de ánimo para luchar contra las fatalidades de nuestra familia me inclinó a vivir como una cosa sin alma: ahí metido, días y días, sin levantarme... más que una vez .

CLOTILDE.– ¿Una vez?

EDGARDO.– Cuando la desaparición de la otra niña, ¿no te acuerdas?

CLOTILDE.– Es verdad; cuando Julia desapareció.

EDGARDO.– Y hoy es la segunda vez que me levanto, porque... me quedé dormido... y he soñado que aquello volvía a ocurrir esta noche con Mariana...

CLOTILDE.– ¡Edgardo!

EDGARDO.– Mariana es idéntica a como era Julia; por eso las dos se entendían bien con Micaela. ¿Es absurdo mi sueño?

CLOTILDE.– No. No es absurdo; es la realidad. Mariana tenía planeada la fuga con el sobrino de Ojeda después de un concierto adonde íbamos a ir después de cenar.

EDGARDO.– *(Dejándose caer en un sillón.)* Con el sobrino de Ojeda...

CLOTILDE.– A veces cree ver un misterio en Fernando, y, arrastrada por eso, se iba a ir con él esta noche a su finca.

EDGARDO.– *(Abrumado.)* ¡A la finca de Ojeda! ¡A la finca de Ojeda!

CLOTILDE.– Pero otras veces le parece que no hay misterio alguno en él, y, gracias a una de estas reacciones, se arrepintió. Fernando ha vuelto a casa y no ha logrado convencerla. De todas maneras he mandado al criado nuevo que la vigile. Porque yo no he dejado de velar por Mariana ni un momento, Edgardo. Incluso, aprovechando el interés que le inspiro a Ezequiel, pensaba ir a la finca esta noche. Iré mañana.

EDGARDO.– *(Con gran agitación.)* ¿Para qué? ¿Para qué vas a ir tú allí?

CLOTILDE.– Para conocer aquello.

EDGARDO.– ¡No! ¡No debes ir! ¡No debes ir, Clotilde!

CLOTILDE.– Quiero introducirme entre los Ojedas y estar siempre alerta, porque también yo creo que entre ellos pasa algo raro. Y ahora acabo de convencerme con horror.

EDGARDO.– ¿Ahora?

CLOTILDE.– He descubierto una cosa tremenda, Edgardo.

EDGARDO.– *(Ansiosamente.)* ¿El qué?

CLOTILDE.– Ezequiel ha matado mujeres allí.

EDGARDO.– *(A gritos.)* ¡No! *(Rechazando aquellas palabras con horror.)* ¡No! ¡Estás loca, Clotilde! ¡Estás loca!

CLOTILDE.– Siempre le he encontrado un parecido a alguien, sin poder decir a quién, y ya he caído en a quién se parece: se parece a Landrú. Y lo de las mujeres muertas, lo tiene escrito en un cuaderno de bolsillo.

EDGARDO.– ¡Qué insensatez! ¡Qué tontería! Cuando eso ocurre, no se escribe en ninguna parte, y aun no escribiéndolo en ninguna parte, debe parecer que está escrito hasta en las paredes.

CLOTILDE.– ¡Chis! ¡Calla! Micaela... *(En efecto, por el primero derecha ha entrado* MICAELA. *Viene andando despacio y trae una sonrisita muy rara en el semblante. Se acerca a* EDGARDO *y a* CLOTILDE *y les habla sin dejar de sonreír, en el tono más natural del mundo.)*

MICAELA.– Ya se la ha llevado...

CLOTILDE.– ¿Qué?

MICAELA.– Que ya se la ha llevado.

CLOTILDE.– ¿A quién se han llevado?

MICAELA.– A Mariana.

CLOTILDE y EDGARDO.– ¿Cómo?

MICAELA.– Un hombre. El de siempre, que ha vuelto. *(A* EDGARDO.) ¿No sabías tú que había vuelto?

CLOTILDE.– Se refiere al sobrino de Ojeda.

EDGARDO.– ¿A Fernando?

MICAELA.– Mariana estaba conmigo en el jardín, llegó ese hombre y se la llevó en el coche.

CLOTILDE.– ¡Virgen del Carmen! *(Se van con* EDGARDO *corriendo por el primero derecha.)*

MICAELA.– ¡Sí, sí! Corred... Creeréis que vais a llegar a tiempo... *(Se va detrás de ellos. Por el tercero izquierda,* EZEQUIEL, *va arreglado de indumentaria y llevando en brazos un gato.)*

EZEQUIEL.– ¡Pchs! ¡Pchsss! ¡Pchsss! Pobrecita, pobrecita... ¡Qué linda es! Si tuviera dónde meterla para... *(Mira a su alrededor y ve el equipaje que hay junto a la cama de* EDGARDO.) ¡Ah! Esto, esto...

(Cogiendo una maleta pequeña y metiendo el gato en ella.) Aquí, muy bien. ¡Ajajá! *(Cogiendo el abrigo y el sombrero y yéndose por la escalera del fondo.)* Y ahora, ¡cualquiera sabe que me la llevo!... Ésta se va a llamar Rosalía. ¡Pchs, pchsss! Rosalía... Pobrecita, pobrecita. *(Se va por la escalera. Por el primero derecha,* EDGARDO, *trayendo medio acogotado a* LEONCIO *y preso de gran excitación. Detrás de él,* CLOTILDE, PRÁXEDES, FERMÍN *y, la última,* MICAELA. *Por la escalera,* LUISA.)

EDGARDO.– ¡Venga usted aquí! ¡Explíquese ahora mismo!

CLOTILDE.– Edgardo, por Dios...

LEONCIO.– Señor... Señor, que yo no sé nada...

EDGARDO.– *(Derribando a* LEONCIO *en un sillón.)* ¡Hable! ¡Hable, o le juro que...! *(Todos se agrupan alrededor)* ¡A usted le habían mandado vigilar a la señorita!...

LEONCIO.– Sí, señor... Pero Fermín me dijo que tenía orden de sustituirme en la vigilancia...

EDGARDO.– *(A* FERMÍN.) ¿Eh?

FERMÍN.– Perdone el señor. Me lo exigió el señor Ojeda. Y al rato vi que se acercaba a la señorita, y que la señorita se desmayaba.

EDGARDO.– ¿Que la señorita se desmayaba?

FERMÍN.– Sí. y él la cogió y me dijo que le ayudase a meterla en el coche, que iba a llevarla a la Casa de Socorro.

PRÁXEDES.– Todo eso es mentira. ¿Que no? ¡Ah! Bueno, por eso... A la señorita la privó el mismo señorito Fernando.

EDGARDO.– ¿Fernando?

PRÁXEDES.– Con unas adormideras que había en este frasquito, que tiró luego al suelo. *(A* FERMÍN.) Y tú le ayudaste en la faena. ¿Qué crees, que soy tonta? ¡Ah! Bueno, por eso...

EDGARDO.– *(Que ha cogido el frasquito y lo huele)* ¡Cloroformo!

CLOTILDE.– ¿Cloroformo? Entonces ese es el frasquito que Ezequiel le había dado a Fernando. El que él utilizó para llevar a la finca a la desgraciada Felisa y sabe Dios a cuántas más... ¡A ver! Avisad a don Ezequiel, que está en mi cuarto de baño.

LUISA.– Señora... Don Ezequiel se ha ido.

CLOTILDE.– ¿Que se ha ido?

LUISA.– Me lo he cruzado en el vestíbulo. Iba llamándole Rosalía a una maleta.

CLOTILDE.– ¿Qué dices? ¿Estáis locos todos?

FERMÍN.– *(Aparte.)* ¡Ahora se entera ésta! *(A* LEONCIO.) Usted comprenderá que yo no me quedo aquí ni diez minutos más...

CLOTILDE.– ¡Un abrigo para mí! ¡Y ropas de calle para el señor! ¡Y que saquen el otro coche! El señor y yo tenemos que salir ahora mismo... (LUISA *y* PRÁXEDES *se van rápidamente, la primera por la escalera y la segunda por el tercero izquierda. Acercándose a* EDGARDO, *que ha vuelto a dejarse caer en un sillón.)* Se la ha llevado a la finca... ¡Vamos! Nos llevan poca delantera, y si corremos podamos llegar antes que ellos...

EDGARDO.– (Moviendo la cabeza.) No... Yo no voy...

CLOTILDE.– ¡Edgardo! ¿Qué dices?

EDGARDO.– No voy, no voy...

CLOTILDE.– ¡Es tu hija! Y se la lleva a la fuerza... ¡Razona, por la Virgen! ¿Cómo no vas a recuperar a tu hija?

EDGARDO.– ¡Ni a eso, Clotilde! A la finca de Ojeda, no... A la finca, no... A la finca, no...

CLOTILDE.– Pero ¿Y qué vas a hacer, desdichado?

EDGARDO.– *(Levantándose.)* Voy a acostarme.... *(Se dirige al tercero derecha.)*

LEONCIO.– *(Aparte.)* ¡Mi abuelo!

CLOTILDE.– ¿Ves cómo es mentira lo que me dijiste antes? ¿Ves cómo sí que estás loco? (EDGARDO *sigue yéndose para el tercero derecha, sin hacerle caso.)* ¡Pues yo iré! ¡Iré yo sola! *(Por el tercero izquierda,* PRÁXEDES, *con un abrigo de* CLOTILDE.)

PRÁXEDES.– El abrigo, señora.

CLOTILDE.– Trae. *(Se lo pone del revés.)* ¡Iré yo, que soy la única que está en su sano juicio! ¡Y me expondré a que Ezequiel me mate, como a Juanita, como a Felisa, como a las demás! Y a que me apunte luego en su cuaderno... *(Echándose a reír.)* Después de todo... Después de todo, desde que he sabido que mata a sus conquistas..., ¡siento una atracción por él!... *(Riendo.)* ¡Una atracción más rara! ¡Ja, ja, ja! *(A* LUISA.) Acompáñame al coche, anda... *(Inicia el mutis por la escalera del fondo, con* LUISA *riendo,)* ¡Qué atracción! Si estoy deseando llegar... Ja, ja, ja! *(Se van.)*

LEONCIO.– *(Estupefacto.)* ¡Y dice que es la única que está en su sano juicio!

(EDGARDO *ha aparecido en el hueco de la derecha dispuesto a acostarse de nuevo.* MICAELA *ha vuelto a sentarse y pone en marcha la caja de la música.)*

EDGARDO.– ¡Fermín! ¿Falta mucho para Villalba?

FERMÍN.– *(A* LEONCIO.) ¡Sujéteme fuerte, Leoncio!

LEONCIO.– ¿Eh?

FERMÍN.– ¡Sujéteme fuerte, todo lo fuerte que pueda, que me están entrando ganas de ponerme en cuatro patas!

LEONCIO.– *(Sujetándole.)* ¡Pero, hombre!

FERMÍN.– *(Soltándose y suspirando.)* ¡Ay! Ya se me pasó. Gracias... ¡Adiós! Me voy ahora mismo. Ahí se queda usted para seguir el viaje... Tenga cuidado, que en Venta de Baños hay que esperar al correo de Galicia. *(Inicia el mutis por el primero derecha.)*

TELÓN

Acto segundo

Vestíbulo en la finca de los Ojedas. Es una pieza rectangular, de aspecto severo, planta baja de una construcción que tiene algo de casona de! norte de España y algo de chalé suizo o escandinavo. Grandes artesonados, de trabazón de vigas de madera, forman el techo, y también las paredes son -o deben parecerlo- de madera de tono de nogal. En el lateral izquierda, en los términos primero y segundo, el muro forma una ligera chácena, en la que va enclavado un gran ventanal de cristales diáfanos, con visillos azul o verde oscuro. En el tercer término de este mismo lado, la puerta de acceso a la casa, que da al jardín, lo mismo que el ventanal indicado. En el paño del centro de la puerta, una mirilla enrejada. La puerta es muy recia, de una sola hoja, y se abre hacia afuera. Colgando del dintel, por la parte exterior, un farol de luz eléctrica que juega a su tiempo. Detrás de la puerta y del ventanal, forillo que representa un jardín sombrío. Todo este muro, que constituye el lateral izquierda, va un poco oblicuo a la batería. En el lateral derecha, primer término, han una puerta pequeña, y en el segundo término existe una gran chimenea de leña, con morillos y tapafuegos de metal. En el foro izquierda se abre otra puerta, estrecha y alta, sin batientes, rematada por un arco de medio punto, y a través de la cual se ve un pasillo amueblado. Inmediatamente al lado de esta puerta y en la misma pared del foro, arranque de una escalera hacia arriba, con los peldaños de frente al público. El tramo de subida es bastante violento y salva un desnivel de unos dos metros y medio; al llegar a esta altura, el barandado de la escalera tuerce en ángulo recto para continuar todo a lo largo de la pared del foro, paralelo a la batería y formando un largo rellano y galería que no acaba sino hasta encontrarse con la pared del lateral derecho, muriendo en la misma pared. En el sitio en que el lateral y la galería o rellano se encuentran (tercer término del lateral derecha), se abre otra puerta de iguales dimensiones que la del primer término ya descrita, que conduce a habitaciones interiores situadas en el piso primero del edificio. Debajo de la barandilla del foro, en el centro, un gran reloj de pared. A la derecha del reloj, un armario empotrado en la pared, y en la izquierda, una alacena, que también juega, pero que no se ve a simple vista, porque se esfuma en el empapelado. Frente a la chimenea de la derecha, un sofá. Delante del diván, una mesita larga y estrecha, con servicio de licores y cigarros. Pendientes de los muros, varios cuadros antiguos, de pinturas ya esfumadas, tal como nos los descubrió FERNANDO *al hablarle de ellos a* MARIANA. *En el lateral izquierda, entre la chácena y la puerta de entrada, hay un pequeño arcón. Al lado de un sillón que se alza en la izquierda, primer término, una mesa, sobre la cual reposa un grande y antiguo quinqué de petróleo. En general, este vestíbulo, que no es sino copia y repetición del resto de la casa, está todo él - cuadros, muebles y maderas empleados en la construcción- cubierto de esa pátina que es como un barniz sin brillo, que sólo el tiempo, el largo uso, la quietud y el silencio son capaces de lograr de los objetos inanimados. Al entrar el visitante no puede menos de sentirse impresionado por un confuso sentimiento, mezcla de curiosidad, de melancolía y de indefinible inquietud. En la estancia no existe ninguna lámpara de techo, y la iluminación corre a cargo de dos apliques, clavados a ambos lados de la chimenea, que con sus bombillas esmeriladas y sus pantallitas oscuras lo alumbran todo, pero de un modo muy suave y discreto. La acción en la misma noche y una hora después de acabado el primer acto. Al levantarse el telón, la escena sola y casi a oscuras. Sólo se halla iluminada por los reflejos rojizos de la chimenea, que está encendida, y por un suave resplandor que sale por la puerta del foro izquierda. El reloj de pared señala la una y media. Una pausa. El reloj de pared da una campanada. No bien ha cesado la vibración de la campana del reloj, cuando* DIMAS *aparece por la puerta del foro izquierda. Es un viejo de pelo y bigote blancos, mal peinado y peor afeitado. Viste un traje de pana con un chaquetón amplio y chaleco de fantasía, todo ello muy usado. Anda arrastrando los pies.* DIMAS *cruza la escena, va a la chimenea y remueve el fuego con el alisador de hierro. Entonces la hoja del armario del foro comienza a abrirse sola lentamente; fuera, en el jardín, se oye el ronquido de un motor de automóvil, y a través del ventanal los focos de luz de unos foros giran, iluminando con su giro las paredes de la habitación hasta quedar fijos, proyectándose sobre el armario entreabierto. El motor se para. Entonces la hoja del armario vuelve a cerrarse con su chirrido característico. Suena el timbre de la puerta del jardín.* DIMAS *se dirige al tercero izquierda, da luz a un conmutador de al lado de la puerta, y el farol que hay en el dintel por fuera se enciende, iluminándose la mirilla.* DIMAS *descorre el cerrojo, hace jugar las dos llaves, que están puestas en las cerraduras, e intenta abrir la puerta tirando de ella; pero la puerta no cede a sus tirones. Entonces se oye al otro lado de la puerta la voz de* FERNANDO *en tono irritado.*

EMPIEZA LA ACCIÓN

FERNANDO.– *(Dentro.)* ¡Hacia fuera, Dimas! ¿Se te ha olvidado que la puerta se abre hacia afuera?

DIMAS.– Sí, señor; sí, señor. Es verdad. *(Empuja hacia afuera y la puerta se abre. Entra* FERNANDO. *Viene de smoking como en el acto anterior, sin nada a la cabeza, y trayendo en brazos el cuerpo inerte de* MARIANA, *que viste como al final del primer acto)*

FERNANDO.– *(Entrando.)* Apaga las luces del coche, Dimas.

DIMAS.– Sí, señor. *(Se va por el tercero izquierda. A poco se apagan los faros que se advertían al través del ventanal.* FERNANDO *cruza la escena con* MARIANA *en brazos, la deposita en el sofá, frente a la chimenea, y la mira en silencio unos minutos. Por el tercero izquierda vuelve a entrar* DIMAS. *Enciende las luces de las paredes, apaga el farol del dintel de la puerta y cierra ésta. Acercándose a* FERNANDO.) ¿Necesita algo el señor?

FERNANDO.– Nada. *(Señalando a la mesita de la izquierda.)* ¿Hay ahí ron o coñac?

DIMAS.– No, señor.

FERNANDO.– Pues tráete una botella.

DIMAS.– ¿De coñac o de ron?

FERNANDO.– Da igual. Y luego te acuestas si quieres. Esta noche ya no te necesito.

DIMAS.– Sí, señor.

FERNANDO.– *(Al ver que* DIMAS *no se mueve.)* ¡Vamos! ¿Qué esperas?

DIMAS.– Perdone el señor... Los licores, ¿dónde están?

FERNANDO.– ¿Cómo que dónde están? ¿Es que de tanto visitarla, se te ha olvidado el camino de la despensa?

DIMAS.– ¡Ah! En la despensa. ¡Claro! Es verdad. Sí, señor; sí, señor. *(Se va por el primero derecha.)*

FERNANDO.– *(Hablando consigo mismo.)* Ya se le está pasando... *(Se endereza, comienza a quitarse el smoking y, quitándoselo, se va por la escalera del fondo, recorre la galería y desaparece por la puerta del tercero derecha.* MARIANA, *sola y echada en el sofá, se queja suavemente. La hoja del armario del fondo vuelve a abrirse despacio, con su chirrido de siempre; pero en seguida vuelve a cerrarse, coincidiendo con la reaparición de* DIMAS *por el primero derecha, el cual trae una botella de ron en la mano y la deja en la mesita de la izquierda. En ese momento, por el tercero derecha, sale de nuevo* FERNANDO, *en mangas de camisa, y le habla a* DIMAS *desde la galería, sin bajar a la escena.)* ¡Dimas!

DIMAS.– ¿Señor?

FERNANDO.– ¿Ha venido alguien estando yo fuera?

DIMAS.– Nadie, señor.

FERNANDO.– Mi tocador está todo revuelto, y varios frascos tirados.

DIMAS.– Cosas de los gatos, señor. Hay dos pequeñitos, que son de la piel del diablo.

FERNANDO.– Uno de los cajones lo he encontrado abierto. ¿También lo han abierto los gatos, Dimas?

DIMAS.– Quizá el señor mismo se lo dejó abierto distraídamente al salir...

FERNANDO.– *(Moviendo la cabeza con gesto de duda.)* No sé... *(Se va de nuevo por el tercero derecha.* DIMAS *se dirige, para hacer mutis, al primero derecha; pero antes de irse se acerca al sofá donde se halla* MARIANA *y la contempla unos instantes.)*

DIMAS.– *(Después de mirarla en silencio, hablando para sí.)* Ya se la ha traído... Esto va bien... *(Se va definitivamente por el primero derecha. Hay una pausa, durante la cual sólo se oye a* MARIANA, *que se queja. Por el foro izquierda aparece de nuevo* DIMAS, *se dirige al sofá de* MARIANA, *vuelve a contemplarla unos instantes, y se va por el tercero izquierda, murmurando:)* «¡Ya está lloviendo!»

(MARIANA *se remueve, se despierta a medias, se endereza y queda sentada en el sofá, con los ojos aún cerrados y con las manos apretándose las sienes. Así permanece unos momentos, durante los cuales vuelve a abrirse, sola, con mucho tiento, a pequeños empujoncitos para evitar en lo posible el chirrido, la hoja del armario de siempre. De pronto,* MARIANA, *que ha abierto los ojos, se pone en pie bruscamente. La hoja del armario se inmoviliza entonces, quedando quieta y entreabierta.)*

MARIANA.– *(Mirando a su alrededor con expresión de angustia.)* ¿Eh? ¿Qué es esto? ¿Qué es esto? *(Por el tercero derecha aparece* FERNANDO, *envuelto en un batín de casa. Se detiene en la galería a mirar a* MARIANA.) ¿Por qué estoy aquí? ¿De quién es esta casa?

FERNANDO.– *(Desde arriba.)* Mía. Mariana.

MARIANA.– *(Volviéndose hacia él.)* ¿Qué? ¡Fernando!

FERNANDO.– *(Bajando la escalera y dirigiéndose a* MARIANA.) ¿Me perdonas haberte traído en contra de tu voluntad? *(En este momento la hoja del armario vuelve a cerrarse sola otra vez.)* ¿Di? ¿Me lo perdonas? ¡Te necesitaba aquí tanto, Mariana! (FERNANDO *se ha acercado a ella.)* Yo comprendo que lo que he hecho es impropio, y es brutal; pero, después de haberte resuelto avenir, te has negado a hacerlo de un modo que no me dejaba lugar a la esperanza, y sólo entonces me lancé a utilizar el cloroformo que emplea el tío para sus experimentos, y te subí a tu mismo coche, y te traje. Pero te vuelvo a suplicar que me perdones... ¿Tanto te molesta el encontrarte aquí?

MARIANA.– No. Si no es eso... *(Mirando a su alrededor y escudriñando toda la habitación con los ojos.)* No es eso... *(Como hablando consigo misma.)* ¡Qué cosa tan terrible!

FERNANDO.– ¿De qué hablas, Mariana? ¿Qué te pasa?

MARIANA.– *(Volviéndose a mirar a* FERNANDO.*)* ¿Dices que has utilizado cloroformo para traerme?

FERNANDO.– Una insignificancia; cinco o seis gotas en un pañuelo...

MARIANA.– ¿Y el cloroformo puede producir alucinaciones después de haber vuelto uno en sí?

FERNANDO.– ¿Alucinaciones? No. Ni antes ni después.

MARIANA.– *(Volviendo a mirar a su alrededor y siguiendo el hilo de un pensamiento interno.)* ¿Y es tu casa esta?

FERNANDO.– Sí.

MARIANA.– ¿La finca de que tanto hemos hablado, donde tú vives con tu tío, solos, y sin más compañía que un criado viejo?

FERNANDO.– Sí, sí... La misma.

MARIANA.– ¿Entonces...? Si el cloroformo no ha podido alucinarme y si esta es tu casa: la casa adonde luchabas por traerme, la casa en donde yo no he puesto el pie nunca hasta hoy, ¿por qué la conocía ya, Fernando?

FERNANDO.– ¿Qué?

MARIANA.– Si no he venido aquí jamás, ¿por qué todas estas paredes, y juraría que hasta estos muebles, me son familiares?

FERNANDO.– ¿Qué dices, Mariana? Fíjate bien en lo que dices... ¿Estás segura de...?

MARIANA.– Sí... Creo que sí... Estoy casi segura... Aquel ventanal, la escalera, esta chimenea..., todo esto, tal como está y donde está, yo lo había visto ya antes... y aquel reloj... también. Y en este sofá... *(Levantándose lentamente, sin dejar de mirar al sofá como con miedo.)*, en este sofá he estado sentada alguna vez, varias veces antes de ahora... *(Retrocede, dando la cara al sofá, varios pasos.)* ¡Dios mío! ¡Estoy segura!

FERNANDO.– ¡Mariana!

MARIANA.– *(Que al retroceder ha quedado en pie junto a la mesa; fijándose en el quinqué.)* Y este quinqué, no lo dudes, Fernando, este quinqué lo he visto también alguna vez... El globo parece blanco, pero cuando se enciende, ¿no se da uno cuenta de que es azul? ¿Azul pálido?

FERNANDO.– Sí, sí... A veces lo encendemos. Y es verdad: al encenderse se da uno cuenta de que el globo es azul pálido, Mariana.

MARIANA.– ¿Te convences? Y allá, en esa puerta que da al jardín *(El tercero izquierda.)*, por fuera, también hay un globo de luz.

FERNANDO.– ¡Justo! ¡Justo!

MARIANA.– *(Con angustia.)* ¿Por qué conocía yo ya esta casa, Fernando? ¿Por qué? ¿No te aterra que yo conociera ya esta casa? *(Siempre mirando a su alrededor.)* ¡Y cada vez lo recuerdo mejor todo! Yendo por ahí *(El primero derecha.)*, la primera habitación que se encuentra es el comedor....

FERNANDO.– El comedor, sí.

MARIANA.– Y por ahí una sala grande. *(Señala al foro izquierda.)*

FERNANDO.– El laboratorio del tío Ezequiel.

MARIANA.– Juraría que era una sala. Laboratorio no recuerdo haber visto; pero sí he visto, en cambio, las habitaciones adonde lleva esta escalera *(Acercándose a la escalera del foro)*, ¡estoy completamente segura! Y ahí *(Señalado.)* hay un armario para ropas. Y al otro lado del reloj, otro armario más pequeño.

FERNANDO.– No. Eso, no.

MARIANA.– Sí, sí... *(Ambos se acercan al sitio indicado.)*

FERNANDO.– No. Tú misma puedes ver que no. La pared está lisa.

MARIANA.– Es cierto. La pared está lisa. Quizá no era un armario; quizá era una alacena...

FERNANDO.– *(Con mucha agitación.)* ¿Una alacena?

MARIANA.– *(Contemplando de cerca la pared.)* Pero no se ve juntura por ningún sitio.

FERNANDO.– *(Agitadamente.)* ¿Una alacena?

MARIANA.– Sí. ¿No sabes lo que digo? Esa especie de armarios que no se notan a simple vista, porque la puerta está decorada igual que el resto de la pared, y que sólo acercándose se le descubren las junturas; pero aquí no hay junturas realmente...

FERNANDO.– *(De un modo sombrío.)* Sí, sé cómo son las alacenas... Sé cómo son... ¡Ojalá no lo supiese! *(Va hacia el sofá de la chimenea y se sienta en él abrumado.)*

MARIANA.– *(Acercándose.)* ¿Que ojalá no lo supieses? ¿Por qué dices eso? ¿Qué te ocurre?

FERNANDO.– Siéntate, Mariana. Es preciso que tengamos una explicación larga y detallada. Pero comencemos por el principio. *(Ella se sienta al lado)*

MARIANA.– ¿Y cuál es el principio?

FERNANDO.– Mi vida, antes de conocerte.

MARIANA.– Entonces es un principio largo, porque mi sensación íntima es la de conocerte desde siempre; pero la realidad verdadera es que hace tres meses aún no te conocía.

FERNANDO.– Yo te conocía desde mucho antes...

MARIANA.– ¿Tú?

FERNANDO.– *(Acabando la frase.)*... aunque no te había visto jamás.

MARIANA.– ¿Eh?

FERNANDO.– Por eso el día que te vi por vez primera creí no poder resistir la impresión. ¡Existías! Existías en la Tierra: no eras una alucinación ni un sueño... Yo llevaba mucho tiempo adorándote, y eso que no te suponía existencia real; te adoraba como a una sombra y me preguntaba mil veces cuál era tu misterio y tu secreto. Y he aquí que un día cualquiera, del modo más simple, como ocurre siempre lo más extraordinario, te encuentro y compruebo que existes de veras en el mundo: que puedo adorarte en ti misma. ¡Y que puedo también descifrar el secreto y el misterio que te envuelve! Cuando te hablé la primera vez lo hice como un insensato... No sé lo que te dije...

MARIANA.– *(Sonriendo.)* Yo tampoco...

FERNANDO.– Que hicieras, por Dios, un esfuerzo para comprenderme. Que no me confundieses con un galanteador vulgar.

MARIANA.– *(Sonriendo.)* Sí; algo así...

FERNANDO.– Debía de parecer un loco. No me explico cómo no huiste de mí...

MARIANA.– *(Acentuando su sonrisa.)* Precisamente por eso. *(Poniéndose seria.)* Y porque en tu acento había sinceridad. Y en tus ojos, una expresión que me subyugó ya para siempre...

FERNANDO.– En aquel momento todo estaba más que justificado en mí. Además, soy igual que era mi padre. Los dos, inclinados a la melancolía, apasionados, románticos, amando una sola vez y para toda la vida. Los dos, impresionables y con los nervios a flor de piel. Pero mi carácter, reflejo del suyo, todavía está agravado por una niñez sin risas. No conocí a mi madre, que murió al nacer yo. Me eduqué interno en un Liceo de Bruselas, adonde de tarde en tarde iba a verme el tío Ezequiel; mi padre, casi nunca. Allí hice el bachillerato y empecé a estudiar Ciencias. Un día, cuando acababa de cumplir los dieciocho años, el tío Ezequiel se me presentó vestido de luto.

MARIANA.– Había muerto tu padre...

FERNANDO.– Se había suicidado.

MARIANA.– ¡Suicidado!

FERNANDO.– En circunstancias raras, a raíz de una historia de amor confusa, de la que nunca he logrado conocer bien los pormenores. Parece que ella se murió de repente y que él se encontró sin fuerzas para sobrevivirla. No sé... El hecho es que se dio un tiro una noche, después de escribir dos cartas, una para mí, que yo no debía abrir hasta mi mayoría de edad; otra para el tío Ezequiel, en la que le nombraba tutor, le especificaba los detalles de mi herencia y le ordenaba que en adelante viviese siempre conmigo. *(En este instante el armario del foro comienza a abrirse lentamente como las otras veces.* MARIANA, *que está sentada de cara a* FERNANDO *y al armario, lo ve y se levanta dando un grito terrible.)*

MARIANA.– ¡Aay! *(El armario se cierra inmediatamente.)*

FERNANDO.– ¿Qué es eso? ¿Qué te pasa? *(Se levanta también.)*

MARIANA.– ¡Aquel armario, Fernando! ¡Se ha abierto solo! ¡Y acaba de cerrarse solo también!

FERNANDO.– ¡Qué tontería! No es posible... (FERNANDO *va hacia el armario y manipula en él.)*

MARIANA.– ¡Te digo que sí! ¡Te digo que sí!

FERNANDO.– Está cerrado con llave, Mariana.

MARIANA.– ¿Cerrado con llave?

FERNANDO.– (Tirando de las hojas del armario, que no ceden.) Míralo...

MARIANA.– Y la llave, ¿dónde está?

FERNANDO.– La tiene Dimas, el criado, como todas las llaves de la casa... Y no tengas cuidado de que se deje nada abierto... *(Ha vuelto al lado de ella.)* Vamos, tranquilízate. Si mis palabras te impresionan no sigo...

MARIANA.– *(Sentándose de nuevo.)* No. No... Sigue, sigue ... Tienes aún mucho que explicarme...

FERNANDO.– *(Sentándose también otra vez.)* Sí. Mucho... ¡Y lo esencial! Ezequiel se instaló aquí conmigo, y desde entonces todas las melancolías de mi carácter no hicieron sino aumentar. Debí salir, viajar, divertirme, como corresponde a un hombre joven; pero dejé la carrera, perdí el contacto con amigos y compañeros y salir de aquí me significaba un esfuerzo invencible. Por otra parte, el romanticismo, el idealismo excesivo, es como una dolencia que condujese a la soledad. ¿No lo sientes tú así?

MARIANA.– Completamente. Porque se cree y se espera tanto del amor, que, a fuerza de creer en él y de esperar de él, falta decisión para personificarlo en nadie...

FERNANDO.– ¡Justo!

MARIANA. – ...por miedo a que la persona elegida esté demasiado por debajo de la soñada.

FERNANDO.– Exactamente. Esa es una de las razones que me aislaron y me sujetaron aquí durante diez años. Pero vivir aislado en una casa es como hacer una larga travesía en barco, que la mayor parte de las horas se consume en visitarlo y en escudriñar sus más ocultos rincones. Así he recorrido yo una y otra vez esta finca, mirándolo y registrándolo todo... Y cierta noche, hace cinco años, en una de las habitaciones de arriba, descubrí una alacena.

MARIANA.– ¿Eh?

FERNANDO.– La registré y en ella encontré la causa de mis obsesiones.

MARIANA.– Pues ¿qué encontraste?

FERNANDO.– Un vestido de mujer.

MARIANA.– ¿Un vestido de mujer?

FERNANDO.– Sí. De época: del primer Imperio. Un vestido hecho indudablemente para un baile de disfraces. Ven; lo tengo aquí. Está incompleto; le falta una manga y el chal. *(Sacando un vestido como el que indica del arcón y mostrándoselo a MARIANA, que también se ha levantado.)* Míralo. Y junto al vestido encontré otra cosa.

MARIANA.– ¿El qué?

FERNANDO.– Esto. *(Saca del arcón una caja de música.)*

MARIANA.– Una caja de música...

FERNANDO.– Sí. ¿Y no te recuerda algo? *(Pone en marcha el resorte y la caja rompe a tocar la misma música de la caja que vimos en casa de* MARIANA.*)*

MARIANA.– *(Retrocediendo un paso.)* ¡Jesús!

FERNANDO.– Y todavía encontré otra cosa más, Mariana. Un retrato.

MARIANA.– Un retrato...

FERNANDO.– Un retrato pequeño, una tablita pintada al óleo...

MARIANA.– ¿El retrato de una mujer?

FERNANDO.– Sí. De una mujer... que podías ser tú.

MARIANA.– ¿Qué?

FERNANDO.– ¿No podías ser tú esta mujer? *(Le enseña el retrato que ha sacado del arcón.)*

MARIANA.– ¡Dios mío! ¡Pero si soy yo, realmente!

FERNANDO.– ¿Qué dices?

MARIANA.– Este retrato es mío.

FERNANDO.– ¡Tuyo! ¿Tuyo?

MARIANA.– Sí; claro. Me lo hizo papá hace seis años. Lo creía perdido entre aquel lío de muebles de casa... Pero ¿cómo pudo haber llegado aquí este retrato?

FERNANDO.– *(Yendo hacia la chimenea, apoyándose en ella y contemplando el fuego.)* ¡Si el retrato es tuyo, yo ya no sé qué pensar, Mariana!...

MARIANA.– ¿Por qué? *(Siguiéndole.)* ¿Es que no creías que fuera mío?

FERNANDO.– ¿Cómo iba a creerlo? ¿Cómo había de pertenecer a una muchacha actual un retrato hallado en una alacena que no se abría hace veinte años?

MARIANA.– ¿La alacena no se abría hace veinte años?

FERNANDO.– Por lo menos. Yo suponía que el vestido, la caja de música y el retrato eran la revelación de una antigua historia. Los relacionaba con el suicidio de mi padre... Y para mí, la mujer del retrato era la mujer por la que él se mató... Por eso, desde aquella noche interrogué a Dimas una y otra vez, a ver si podía facilitarme algún dato. Llegué a padecer una verdadera obsesión... Porque..., además, y por estúpido que te parezca, me había enamorado de esa mujer del retrato: es decir, me había enamorado de ti sin conocerte.

MARIANA.– ¡Fernando!

FERNANDO.– Lo que no podía suponer era que un día iba a tropezar con esa mujer, viva y tangible. ¿Te das cuenta ahora de cuál sería mi emoción al encontrarte, y el porqué de la expresión de mis ojos cuando te abordé?

MARIANA.– Sí.

FERNANDO.– ¿Y te imaginas el choque que recibiría cuando, algún tiempo después, en tu casa, oí la misma melodía de esa caja en vuestra caja de música?

MARIANA.– Sí, sí...

FERNANDO.– La idea de relacionar a la mujer del retrato con el suicidio de mi padre se robusteció en mí. Quedé convencido de que alguien de tu familia, que se te parecía mucho, había sido aquella mujer. Y entonces no pensé sino en traerte aquí, suponiendo que juntos descifraríamos el pasado. El que te pareciese reconocer la casa, me animó aún más... *(Con desaliento.)* ¡Pero el ser tú misma la mujer del retrato tira por tierra todas mis sospechas y crea nuevos enigmas!

MARIANA.– ¿Y tu misterio, el misterio que yo veía en ti, era eso?

FERNANDO.– ¡Oh! No era eso sólo. Últimamente no era eso sólo.

MARIANA.– ¿Pues?

FERNANDO.– Porque, desde hace unos meses, la mujer del retrato se me ha aparecido varias noches, Mariana.

MARIANA.– *(Después de una pausa.)* ¿Qué se te ha aparecido?

FERNANDO.– Sí. Vistiendo ese traje encontrado en la alacena. Por eso el día aún podía soportarlo aquí, y por eso era la noche la que ya no podía soportar.

MARIANA.– Ya te lo noté...

FERNANDO.– ¿Cómo no habías de notarlo, si eso era mi tormento y mi obsesión? Una noche, ella se me apareció en mi cuarto; otra noche, al entrar de la calle, la hallé sentada ahí mismo, donde ahora estás tú, mirándome fijamente... Y otra noche... ¡Pero de eso más vale no hablar! ¡Más vale no hablar! *(Se separa bruscamente de* MARIANA *y va hacia el ventanal. Mirando hacia afuera')* ¡Qué disparate! ¡Cómo llueve! *(En efecto, unos momentos antes ha comenzado a llover con violencia.)*

MARIANA.– ¿Llueve?

FERNANDO.– Está diluviando. Voy a encerrar tu coche; tiene la capota bajada y se va a poner perdido. *(Abre la puerta del tercero izquierda y se va por el jardín, cerrando otra vez.* MARIANA *queda sola unos instantes, pensativa. Luego pasea una mirada entre curiosa y atemorizada por su alrededor. Por el primero derecha aparece* DIMAS, *que se dirige hacia el foro izquierda. Cuando está a mitad de camino,* MARIANA *le llama.)*

MARIANA.– ¿Es usted el criado de Fernando?

DIMAS.– Sí, señora. Para servir a la señora.

MARIANA.– ¿Tiene usted la llave de ese armario? *(Señalando.)*

DIMAS.– ¡Dichosa llave del armario! Tres días llevo buscándola, señora, y no sé dónde he podido meterla...

MARIANA.– ¿Se le ha perdido?

DIMAS.– ¡Tiene uno la cabeza ya tan embarullada! Pero aparecerá; tiene que aparecer...

MARIANA.– Lleva usted muchos años en la casa, ¿verdad?

DIMAS.– He perdido la cuenta. Serví al padre del señor, serví al abuelo...

MARIANA.– ¿Y no recuerda usted si ahí, al otro lado del reloj, hubo en algún tiempo una alacena?

DIMAS.– ¿También la señora tiene la manía de las alacenas? También la señora busca algún misterio, como el señor? ¡Hum! En esta casa no ha habido nunca misterios hasta hace un par de meses...

MARIANA.– *(Levantándose.)* ¿Hasta hace un par de meses?

DIMAS.– El señor se empeña en ver algo raro en la muerte de su padre. Pero ¿es raro que un hombre se pegue un tiro al perder a una mujer que quiere? Lo que sí es raro es lo que el señor ha empezado a hacer últimamente. Todo se le vuelve preguntarle a uno... y a la señora también le habrá preguntado, claro... Pero a él sí que habría que preguntarle cosas...

MARIANA.– ¿Qué cosas?

DIMAS.– Dios me libre de decir nada fuera de aquí. Haga lo que haga, él es el señor: y yo le he visto nacer, y no traiciono yo así como así. Pero a la señora tengo que decírselo porque debe estar prevenida.

MARIANA.– ¿De qué habla usted?

DIMAS.– Pregúntele... Pregúntele al señor la señora por qué un domingo, que estaba solo en casa, levantó parte del entarimado de su cuarto...

MARIANA.– ¿Eh?

DIMAS.– Y por qué una noche que creía que nadie le veía, se estuvo más de una hora cavando en el jardín. Pregúntele la señora qué es lo que entierra...

MARIANA.– ¡Lo que entierra!

DIMAS.– Aquí el único que no está claro es él. Y eso de que en una alacena encontrase esto y lo otro... , pues yo juraría que lo cuenta para despistar.

MARIANA.– ¡Para despistar!

DIMAS.– En cuanto a lo que decía la señora de si ahí *(Señalando.)* haya no otra alacena, yo no me acuerdo, pero poco podemos tardar en saberlo, y, a lo mejor, eso nos descubre algún secreto del señor... *(Va a la pared del foro derecha y golpea en ella con los nudillos.)* ¡La hay! Suena a hueco.

MARIANA.– *(Acudiendo rápidamente.)* ¡Ah! Suena a hueco, ¿verdad?

DIMAS.– Hay una alacena. Lo que tiene es que han empapelado encima.

MARIANA.– ¡Si han empapelado encima, es porque ahí se oculta algo!

DIMAS.– Eso cae por su peso. Pero rompiendo el papel con una navaja... *(Saca una navajita del bolsillo.)*

MARIANA.– ¡No! Déjelo ahora. Puede volver él. No ha ido más que a encerrar el coche...

DIMAS.– El garaje está en la otra punta de la finca, cerca de la puerta. Hay tiempo. *(Tanteando la pared.)* Aquí toco las junturas. Con meter la punta de la navaja por ellas... ¡en paz! *(Lo hace como lo dice, y al rasgar el papel se abre una pequeña alacena.)* ¡Ya está!

MARIANA.– ¿Qué hay dentro? ¿Qué hay dentro?

DIMAS.– *(Metiendo la mano en la alacena.)* Unos zapatos de mujer. *(Saca un par de zapatos de baile y se los da a* MARIANA.)

MARIANA.– *(Al verlos.)* ¿Unos zapatos? ¡Los zapatos del vestido Imperio!

DIMAS.– *(Que ha metido la mano nuevamente en la alacena.)* También hay unas telas. *(Saca lo que se indica en el diálogo, dándoselo a* MARIANA.)

MARIANA.– ¡La manga que faltaba! ¡Y el chal! *(Al extender el chal, cae al suelo un cuchillo que estaba envuelto en él.)* ¿Qué es eso que ha caído?

DIMAS.– *(Cogiéndolo del suelo.)* Un cuchillo, señora.

MARIANA.– ¿Eh?

DIMAS.– Un cuchillo manchado de sangre.

MARIANA.– ¡No!

DIMAS.– Sí, señora. Y las telas también tienen manchas de sangre ya seca... *(Examinándolo todo.)* y los zapatos, igual. *(En el tercero izquierda se oye rumor de voces, y en seguida suena el timbre de la puerta.)* ¡Ahí está!

MARIANA.– ¡Cierre eso! *(Por la alacena.)*

DIMAS.– Sí señora. *(Obedece y se guarda el cuchillo.)*

MARIANA.– ¿La habitación de él es aquélla?

DIMAS.– Sí, señora; aquella puerta.

MARIANA.– No abra usted hasta que yo entre allí. Y no le diga que he subido. Dígale que me encontraba mal y he ido a tomar algo al comedor.

DIMAS.– Sí, señora. (MARIANA *desaparece rápidamente por la escalera y la galería llevándose las cosas sacadas últimamente de la alacena. Cuando ha desaparecido,* DIMAS *abre la puerta del tercero izquierda, dando paso a* FERNANDO *y a* EZEQUIEL. *El primero trae subido el cuello del smoking.* EZEQUIEL *lleva en la mano la maleta con que hizo mutis en el acto primero. Los dos dan la sensación de haberse mojado.)*

FERNANDO.– Pero ¿no te has acostado aún?

DIMAS.– Ahora iba a hacerlo, señor.

EZEQUIEL.– Que no se acueste todavía, que yo voy a trabajar un rato y a lo mejor le necesito. *(Avanza con la maleta.)*

FERNANDO.– ¿Y la señorita que estaba aquí?

DIMAS.– No se encontraba bien, señor, y ha ido al comedor a tomar un té caliente. Voy a servírselo... *(Se va por el primero derecha.)*

EZEQUIEL.– *(Que en cuanto ha entrado ha dejado la maleta sobre un mueble apresurándose a abrirla. Mirado dentro.)* ¡Pchss! ¡Pchss! Rosalía... ¡Vamos! Llegó sin novedad... Es una suerte, Fernando. Porque puede que ocurra lo que con las otras y que ello le cueste la vida también a Rosalía, pero me da en la nariz que, de esta hecha, la eficacia de mi suero contra la pelagra, latente en la piel de la mayoría de los gatos y transmisible por herencia materna, va a quedar demostrada completamente. Ya no tendré necesidad de guardar el secreto para evitar los plagios o las burlas, sino que lo proclamaré a los treinta y dos puntos cardinales. Y todo el mundo se convencerá de que Ezequiel Ojeda, aunque no sea un profesional de la Medicina, es, además de un excelente cirujano, un hombre de ciencia de primer orden y no un loco de atar.

FERNANDO.– Me alegraré mucho, tío Ezequiel.

EZEQUIEL.– Tú te alegrarás, pero lo dices con una cara que ni que fueras Rosalía... *(Va al foro izquierda y desaparece un instante para volver en seguida con una bata blanca, que se pone mientras habla, después de quitarse el abrigo y el smoking.)*

FERNANDO.– No tengo ánimos para poner una cara más alegre.

EZEQUIEL.– No; si me lo explico todo, hijo. Porque vivir enamorado de un retrato al óleo, como tú has vivido en estos últimos años, ya tenía lo suyo... Y ver espectros algunas noches tampoco dejaba de ser un programa; aunque, si me hicieras caso a mí, con unas cuantas inyecciones de calcio no veías otro espectro que el espectro solar. Y enamorarte de la chica pequeña de los Briones, que es una familia que tiene todo lo que debe tener menos el letrero de «Manicomio» en la verja del jardín, también estaba bien... Pero encontrarte de la noche a la mañana, según acabas de decirme, con que el original del retrato al óleo vive y es nada menos que tu propia novia, eso quizá es demasiado fuerte.

FERNANDO.– Demasiado, sí.

EZEQUIEL.– Yo te animé a que te trajeras aquí a la muchacha una noche, puesto que las noches eran tu mayor martirio, en la idea de apartarte de todas esas fantasías absurdas de que eres víctima; pero el remedio ha sido peor que la enfermedad.

FERNANDO.– ¿Por qué te obstinas en llamarlo fantasías absurdas? ¿No sería mejor que me dijeras de una vez la verdad acerca de lo que le ocurrió a mi padre, tío Ezequiel?

EZEQUIEL.– Sobre aquello sabes todo lo que cualquiera podría saber.

FERNANDO.– ¡No! Porque en la carta que me escribió antes de morir, mi padre me decía bien claramente que dejaba el mundo creyendo que en esta casa se había desarrollado la tragedia que acababa con su vida; que me confiaba a mí la misión de indagar y buscar en la finca; que no cejase hasta llegar a saber con todos sus detalles lo que él sospechaba, pero no había tenido valor para averiguar. Y que si el culpable de todo vivía, le persiguiese hasta el fin.

EZEQUIEL.– Tu padre, Fernandito, era un hombre tan raro como tú, o quizá tú eres tan raro como él, porque es más fácil que tú hayas salido a él que no que él saliese a ti... Era un hombre raro, y en sus últimos tiempos, ¿qué quieres que te diga?, a mí me parece que estaba... un poco Briones.

FERNANDO.– ¡Tío Ezequiel!

EZEQUIEL.– No te ofendas. A tu padre le quise tanto como lo puedas querer tú; y a los Briones..., ya sabes que Clotilde y yo..., si Dios quiere... ¡Qué mujer! Es una olla de grillos, pero tiene un atractivo... Me domina; no cabe duda que me domina. En fin *(Cogiendo la maleta.)*, voy a inyectarle el suero a Rosalía. Tú puedes seguir buscando, porque cada loco con su tema. ¡Ah! Que me dejaba el cuaderno de las anotaciones. *(Saca del smoking el cuadernito del primer acto.)* Si quieres algo, en el laboratorio estoy. *(Inicia el mutis por el foro izquierda.)*

FERNANDO.– Sí que quiero algo. ¡Oye! (EZEQUIEL *se detiene.)* ¿Tú te acuerdas si allí *(Señala el foro derecha.)* hubo alguna vez una alacena?

EZEQUIEL.– ¿Una alacena? ¿Dónde?

FERNANDO.– *(Acercándose al faro derecha.)* Aquí. *(Dando un grito de pronto.)* ¿Eh? ¿Qué es esto? ¡La alacena, tío! Estaba debajo del papel... ¡Y la han abierto!... ¿Quién ha abierto esto?

EZEQUIEL.– ¿Qué dices?

FERNANDO.– *(Dirigiéndose a la puerta del primero derecha.)* ¡Dimas! ¡Dimas!

EZEQUIEL.– ¿A ver?... *(Va hacia la alacena.)*

FERNANDO.– *(Llamando desde la puerta.)* ¡Dimas! *(Por el primero derecha aparece* DIMAS.)

DIMAS.– ¿Señor?

FERNANDO.– *(Cogiéndole por un brazo y llevándole hacia la alacena.)* ¿Quién ha abierto esto? ¿Lo has abierto tú?

DIMAS.– Sí, señor. Me lo mandó esa señora que...

FERNANDO.– Y ¿qué había dentro? ¿Qué habéis encontrado en la alacena?

DIMAS.– Nada, señor. Estaba vacía.

FERNANDO.– ¡Vacía!

EZEQUIEL.– *(Que ha estado escudriñando en la alacena mientras tanto, separándose de ella.)* Vacía no está. Hay algo, aunque no mucho.

FERNANDO.– ¿Que hay algo? ¿Qué es lo que hay, tío Ezequiel?

EZEQUIEL.– Un montón de hojas secas. *(Se las muestra a* FERNANDO.)

FERNANDO.– ¿Hojas? ¿Hojas de qué?

EZEQUIEL.– No sabría decirte; están casi reducidas a polvo.

FERNANDO.– Pero pueden servir de indicio. ¿Cómo podríamos saber de qué son?

EZEQUIEL.– Tienes un medio. Mirarlas al microscopio.

FERNANDO.– Al microscopio. ¡Es verdad, es verdad! *(Se va por el foro izquierda rápidamente, llevándose el montoncito de hojas.)*

EZEQUIEL.– *(Yéndose detrás con la maleta.)* Este chico va a acabar mal... *(Se va. Quedan solos en escena* DIMAS *y* MARIANA, *que aparece en la galería de arriba, pero a quien* DIMAS *no ve. En cuanto* EZEQUIEL *desaparece,* DIMAS *corre hacia el armario.* MARIANA, *que ya iba a bajar la escalera, hace un ademán de extrañeza y queda observándole sin ser vista.* DIMAS *saca una llave del bolsillo y la hace jugar en el armario, pero en seguida quita la llave y vuelve a guardársela al notar que, a través del ventanal de la izquierda, se filtra nuevamente la luz de unos faros de automóvil; de nuevo se oye el rumor de un motor, que cesa al poco. En la puerta del tercero izquierda suenan unos golpecitos.)*

DIMAS.– ¡Va! (DIMAS *abre la puerta y en el umbral aparece* CLOTILDE, *vestida tal como lo estaba al acabar el primer acto.)* Señora...

CLOTILDE.– *(Asomando la cabeza.)* Diga usted: ¿es esta la finca de los señores de Ojeda?

DIMAS.– Sí, señora. Pase la señora.

CLOTILDE.– *(Sin atreverse a pasar.)* Que pase, ¿verdad? ¿Dice usted que pase?

DIMAS.– Sí, señora.

CLOTILDE.– ¿Ahí dentro? ¿No?

DIMAS.– Sí, claro. Porque, si se queda fuera, se va a mojar la señora.

CLOTILDE.– No. Ya no llueve. Estaba esperando a que se me reuniese el criado que viene conmigo y se ha quedado hablando con el chófer.

MARIANA.– *(Que ha bajado las escaleras.)* Pasa, tía Clotilde.

CLOTILDE.– *(Viendo el cielo abierto.)* ¡Mariana! ¡Ah! Ahora sí que paso... *(Entrando y yendo hacia* MARIANA.) ¡Hijita, qué alegría me da el verte aquí y sin que te haya ocurrido nada!...

MARIANA.– Me han ocurrido ya algunas cosas, pero ninguna grave... todavía.

CLOTILDE.– ¡Todavía! ¡Qué adverbio! Porque has dicho «todavía», ¿verdad?

MARIANA.– Sí, eso he dicho.

CLOTILDE.– *(A* FERMÍN, *que ha aparecido en la puerta del foro izquierda con abrigo, boina en la mano y una maleta muy asquerosa.)* ¡Entra, muchacho, entra! (FERMÍN *obedece y queda en pie respetuosamente. A* MARIANA.) Es Fermín, que deja nuestro servicio para quedarse de criado de los Ojedas. Ha venido conmigo. Dice que en casa ya no podía aguantar; que si continuase allí un día más se volvería loco. Pero me parece que no sabe él bien en dónde va a meterse... No le he podido decir nada por no desilusionarle.

MARIANA.– Has hecho bien.

CLOTILDE.– *(Con una sonrisita.)* Qué, Fermín, ¿te gusta el aspecto de tu nueva casa?

FERMÍN.– *(Que ha estado examinando todo con semblante arrobado.)* Sí, ex señora. Le aseguro a la ex señora que uno no está ya para sobresaltos... Y aquí se respira paz y normalidad...

DIMAS.– *(Que ha cerrado la puerta del tercero izquierda, iniciando el mutis por el primero derecha.)* Con permiso de las señoras. *(Se va.)*

MARIANA.– *(A* FERMÍN, *nerviosamente, en cuanto ha desaparecido* DIMAS. *En voz baja.)* ¡Fermín! ¡Vigila a ese hombre! ¡Corre!

FERMÍN.– ¿Qué?

MARIANA.– *(A* CLOTILDE.) ¡Ese hombre sabe mucho más de lo que parece, tía Clotilde! Estoy por decirte que él tiene la clave de lo que ocurre en la casa...

FERMÍN.– ¿Cómo?

CLOTILDE.– ¡Ah! ¿Luego ya estás enterado de lo que ocurre en la casa?

MARIANA.– ¡Chis!... Baja la voz.

CLOTILDE.– ¿Qué?

MARIANA.– Que bajes la voz. En aquel armario (Señalando.) hay alguien metido...

FERMÍN.– *(Dejando caer la maleta y la boina.)* ¡Ahí va!

MARIANA.– ¡Y ese hombre me ha contado que se le había perdido la llave, pero la tiene en el bolsillo!

FERMÍN.– ¡Sopla!

MARIANA.– *(A* FERMÍN.) Pero ¿todavía estás ahí, Fermín? Te he dicho que vigiles al viejo que acaba de marcharse. No pierdas de vista nada de lo que haga. Y de cuando en cuando comunícame reservadamente cuanto observes. ¡Anda! ¡Anda!

FERMÍN.– Sí, sí... En seguida... Ahora mismo... *(Aparte.)* ¿A ver si he hecho yo mal cambiando de casa? *(Se va por el primero derecha.).*

CLOTILDE.– Explícate, Mariana. Entonces, ¿estás enterada de lo que aquí sucede?

MARIANA.– Lucho por estarlo, tía Clotilde. Y me asusta conseguirlo, porque la verdad debe de ser horrible, horrible... A juzgar por lo descubierto...

CLOTILDE.– Habla, habla, que luego hablaré yo...

MARIANA.– En voz baja, porque tengo la seguridad de que nos están oyendo...

CLOTILDE.– Di...

MARIANA.– Aquí se ha asesinado a una mujer...

CLOTILDE.– *(Como quien oye una cosa de poco peso.)* ¡Hum!

MARIANA.– ¿Y lo querrás creer? No me ha sorprendido descubrirlo.

CLOTILDE.– Ni a mí. Ni a mí me sorprende, hijita...

MARIANA.– Siempre sospeché algo siniestro en la vida de Fernando. Ya ves que esta misma noche, en el cine, aún te lo decía... Pero bien sabe Dios que no le creí capaz de ser protagonista del misterio que leía en sus ojos. Hace un rato, al volver yo del cloroformo, hemos hablado largamente los dos, y Fernando me ha expuesto las cosas de modo que él parecía una víctima de acontecimientos pasados. Me ha hablado de un traje Imperio, este *(Señalando al que ha quedado en el sofá.)*, encontrado en una alacena, junto con esta caja de música y este retrato al óleo. *(Le enseña ambas cosas.)* Me ha dicho que esa mujer del retrato, que, como ves, soy yo, se le ha aparecido algunas noches vestida con el traje hallado en la alacena...

CLOTILDE.– Sí, sí... Cuentos persas. ¡Qué vas a decirme!

MARIANA.– Pero en un momento que él ha salido a encerrar el coche, ese criado a quien ahora vigila Fermín me ha hecho ver que las palabras de Fernando tendían a embrollarme y a despistarme...

CLOTILDE.– ¡Claro!

MARIANA.– Que el misterio está en el propio Fernando...

CLOTILDE.– ¡Y en el tío, Mariana, y en el tío!

MARIANA.– Y me ha dicho que le pregunte a Fernando qué es lo que enterraba una noche en el jardín.

CLOTILDE.– ¡Ajajá!

MARIANA.– Entonces, entre el criado y yo hemos abierto aquella alacena, que estaba tapada por el empapelado, y dentro han aparecido pedazos del traje Imperio y un cuchillo, todo ello manchado de sangre...

CLOTILDE.– Debía aterrarme, Mariana; pero no me aterro, porque eso no es nada para lo que yo sé...

MARIANA.– Pues ¿qué sabes tú, tía Clotilde?

CLOTILDE.– Que la muerta y enterrada aquí no es una mujer, sino varias.

MARIANA.– ¿Qué dices?

CLOTILDE.– Lo que estás oyendo, hija mía. Sólo que el que ha matado a esas mujeres que te digo no es Fernando, sino el otro... El pequeñillo...

MARIANA.– ¿Quién?

CLOTILDE.– El del hongo. Landrú.

MARIANA.– ¿Ezequiel?

CLOTILDE.– ¡Ezequiel! Hacía tiempo que a mí me ocurría con él lo que a ti con Fernando, que le notaba algo raro. Y en su cuaderno de bolsillo he descubierto sus hazañas esta noche, porque el muy cínico las lleva anotadas, hijita... Allí aparecen Juanita y Felisa, y sabe Dios cuántas más, que no me dio tiempo a ver, con pelos y señales... Hasta apunta el tiempo que tardaron en morirse... ¿Qué de particular tiene que el Fernandito haya matado también alguna? Todo se pega, Mariana, todo se pega.

MARIANA.– Pero ¡es espantoso!...

CLOTILDE.– ¡Toma! Claro.

MARIANA.– Es espantoso, porque..., después de saber lo que he sabido, yo... yo no aborrezco a Fernando, tía Clotilde. Por el contrario, Dios me perdone, pero siento... Siento como si ahora tuviese aún más interés por él...

CLOTILDE.– Que estamos las dos locas de remate, porque lo mismo me pasa a mí con el de la barba.

MARIANA.– ¡Tía Clotilde!

CLOTILDE.– Soy tan Briones como tú puedas serlo, hija mía.

MARIANA.– Y te confieso que tengo miedo de seguir estando aquí, pero que no podría marcharme.

CLOTILDE.– Como yo. Igual que yo.

MARIANA.– Necesito averiguar por completo lo que ocurre.

CLOTILDE.– Estoy dispuesta a ayudarte. ¿Qué hacemos?

MARIANA.– Lo primero, aclarar lo del armario interrogando al criado... *(Va hacia el primero derecha, pero la detiene el que, en aquel momento, alguien abre desde fuera la puerta del tercero izquierda. Este alguien es* DIMAS, *que entra hablándole al que viene detrás de él.)*

DIMAS.– Pase usted.

MARIANA y CLOTILDE.– *(Asombradas de ver venir a* DIMAS *por el jardín.)* ¿Eh? *(Detrás de* DIMAS, *que vuelve a cerrar la puerta, entra* LEONCIO.)

LEONCIO.– Buenas noches tengan las señoras.

CLOTILDE.– ¿De dónde sale este? *(Por* DIMAS.)

MARIANA.– *(Encarándose con* DIMAS.) ¿De dónde viene usted?

DIMAS.– Del jardín, señora. Como llovía, salí a tapar los muebles de la terraza. Me he encontrado a este hombre, que pregunta si ha venido aquí un tal Fermín.

LEONCIO.– *(A* MARIANA *y* CLOTILDE, *que no hacen caso de sus explicaciones.)* Me he permitido venir para preguntar a Fermín dónde están las ropas de calle del señor padre de la señorita; porque, al llegar a Ávila, se ha empeñado en vestirse para apearse allí.

MARIANA.– *(A* DIMAS, *sin hacerle caso a* LEONCIO.) Pero ¿por dónde ha salido usted al jardín?

DIMAS.– *(Señalando al tercero izquierda.)* Por esa puerta. Ya hace un buen rato... Cuando empezó a llover.

MARIANA.– *(Encarándose con él, indignada.)* ¡Eso es tan verdad como lo que me contó usted de la llave!

DIMAS.– ¿De la llave?

MARIANA.– ¿Qué hacía usted antes en ese armario? ¿Por qué me dijo usted que se le había perdido la llave, si la tenía usted en el bolsillo?

DIMAS.– No sé de qué me está hablando la señora...

EZEQUIEL.– *(Dentro, en el foro izquierda.)* ¡Dimas! ¡Dimas!

CLOTILDE.– ¡Landrú llama!

DIMAS.– ¡Voy, señor, voy! ¡Ahí voy! Con permiso... *(Se va por el foro izquierda.)*

MARIANA.– *(A* CLOTILDE.) ¿Entiendes tú esto?

CLOTILDE.– No. Pero una rodilla me está pegando con la otra, Mariana.

LEONCIO.– *(Mirando a las dos, aparte.)* ¡Apañadas están también estas dos! *(Por el primero derecha surge* FERMÍN, *disparado, con muchas ganas de decir algo, y se dirige derecho a* MARIANA.)

FERMÍN.– ¡Es verdad, es verdad! ¡Ese hombre hace cosas muy raras! *(Viendo a* LEONCIO.) ¡Arrea, Leoncio!...

MARIANA.– *(Indignada, a* FERMÍN.) ¡Eres un estúpido! ¡Te he dicho que no perdieses de vista a ese hombre, y le has dejado marcharse solo al jardín!

FERMÍN.– ¿Al jardín?

CLOTILDE.– Sí, sí; vete a buscarle ahora. Ahora está allá. *(Señala al foro izquierda.)*

FERMÍN.– ¿Que está allá? *(Hecho un lío.)* ¡Mi madre! Pero si yo juraría que le había dejado en la despensa. ¡Venga usted, Leoncio! Acompáñeme, que me parece que aquí ocurren cosas aún más raras que en casa de los Briones. *(Se van ambos por el primero derecha.)*

MARIANA.– *(A* CLOTILDE.) Ya lo ves. Ese hombre es capaz de negar la evidencia. Pero ya sé lo que vamos a hacer. Toma. *(Le da el traje Imperio que quedó en el sofá.)*

CLOTILDE.– ¿Para qué me das esto?

MARIANA.– Porque voy a ponérmelo y me voy a presentar con él puesto delante de Fernando. ¡Esta noche sí que se le va a aparecer de veras la mujer del retrato! Y si la ha matado él, tía Clotilde, no creo que resista mi presencia.

CLOTILDE.– ¡Jesús!

MARIANA.– En aquella alcoba de arriba, encima del tocador, encontrarás la manga que le falta. Cósesela en un momento o préndesela con alfileres.

CLOTILDE.– Pero...

MARIANA.– *(Empujándola.)* No me repliques.

CLOTILDE.– ¿Y tú no vienes?

MARIANA.– No. Yo voy a quedarme sola aquí. Porque he observado que cuando yo me quedo sola aquí... es justamente cuando se abre el armario.

CLOTILDE.– Entonces, mientras voy subiendo la escalera rezaré una salve. Padre nuestro, que estás en los cielos... *(Se va por la escalera con el traje y desaparece por el tercero derecha. Cuando* CLOTILDE *ha desaparecido, por el primero derecha aparecen* FERMÍN *y* LEONCIO.)

FERMÍN.– ¡Pues es verdad que no está en la despensa!

MARIANA.– ¡Chis! ¡Silencio! *(Se coloca al lado del armario.)*

FERMÍN.– *(Aparte.)* ¡Aguanta!

LEONCIO.– ¿Ocurre algo, señorita? (MARIANA *les ordena por señas que se coloquen a un lado sin hacer ruido. Ellos obedecen y cruzan la escena en puntillas hasta colocarse a un lado, junto al armario.)*

MARIANA.– ¡Cuidado! El armario va a abrirse...

FERMÍN.– ¿Que el armario va a abrirse?

LEONCIO.– ¿Solo?

MARIANA.– ¡Chis!

FERMÍN.– *(Aparte, a* LEONCIO.) ¿Te das cuenta? Ahora se cree que se va a abrir el armario... *(Se barrena una sien.)*

LEONCIO.– *(También aparte.)* ¡Ya, ya! Y que se va a abrir solo... *(En ese momento la puerta del armario comienza a abrirse sola, en efecto.)*

FERMÍN.– ¡Mi abuelo!

LEONCIO.– ¡Pues sí que se abre!

FERMÍN.– Esto no ha pasado nunca en casa de los Briones...

(El armario se abre del todo y en su fondo oscuro se dibuja la figura de JULIA, *una muchacha de unos treinta años, elegante y bien vestida.* JULIA *avanza el busto hacia la habitación.* MARIANA, FERMÍN *y* LEONCIO, *que se hallan detrás de la puerta del armario, no han podido verla todavía.)*

JULLA.– *(A media voz.)* ¡Mariana! *(Al oírla,* MARIANA *deja escapar un grito y se lanza casi de un salto hacia el armario.)*

MARIANA.– *(Al verla.)* ¡Julia! ¡Julia! *(Quedan fundidas en un abrazo estrechísimo, que dura un buen rato, ante las caras atónitas de* FERMÍN *y* LEONCIO.)

FERMÍN.– ¡Arrea! ¡Si es su hermana!

LEONCIO.– ¿Qué?

FERMÍN.– ¡La que desapareció hace tres años!

LEONCIO.– ¿Y después de tres años de desaparecida se la encuentra en un armario ropero? Mire usted: yo me voy a la otra casa... Prefiero tocar la campana de Medina del Campo. *(Quedan los dos aparte, atendiendo el diálogo.)*

JULIA.– *(A* MARIANA, *que aún no se ha repuesto de la emoción, ayudándola a sentarse y sentándose al lado)* ¡Mariana! Pero ¿qué es eso? ¿Qué te pasa? ¿Es que te extraña verme?

LEONCIO.– ¡Pues no dice todavía que si le extraña verla!

FERMÍN.– Ésa es la que estaba peor de todos. A ésta, en la casa, la llamaban «la loca».

LEONCIO.– ¡Ahí va!

JULIA.– Claro... Ya comprendo que salir así, de pronto, del armario de una casa ajena, no es muy corriente...

LEONCIO.– Vaya, menos mal.

JULIA.– ...Y después de no dar señales de vida en tres años. Y de haberme marchado de casa sin el menor rastro... Pero, chica, lo he hecho a intento el no dejarme ver. Porque ¿quieres saber por qué me marché de casa? Pues porque yo no podía aguantar tanto perturbado.

FERMÍN.– ¡Toma del frasco!

JULIA.– Además, estaba enamoradísima, aunque nunca se lo revelé a nadie. ¿Sabes de quién? ¡De Luisote Perea! Y un día me dije: «Hasta aquí hemos llegado.» Y me fui con Luisote. Por supuesto, nos hemos casado. ¿Nos hemos casado? ¡Sí, sí! Nos hemos casado.

FERMÍN.– No se han casado.

JULIA.– Tenemos una casa muy mona en la Prosperidad. A Luisote no le gusta la Prosperidad, pero yo le digo que si no le gusta la Prosperidad, que se aguante; y él se aguanta.

FERMÍN.– Pues sí que se han casado.

MARIANA.– *(Sin poder resistir ya más.)* Por favor, Julia; por Dios y por la Virgen, calla ya...

JULIA.– ¿Eh?

MARIANA.– Haz un esfuerzo, te lo suplico por lo que más quieras en el mundo...

JULIA.– Luisote.

MARIANA.– Pues por él te lo ruego: tranquilízate, calma tus nervios y habla normalmente. Necesito saber cuanto antes qué hacías ahí metida y por qué has venido a esta casa...

JULIA.– ¿Por qué voy a venir? Por ver a Luisote, que está aquí trabajando.

MARIANA.– ¿Aquí?

JULIA.– Sí. Luisote es agente de Policía. ¿No acabo de decírtelo hace un momento?

MARIANA.– No. No me lo habías dicho. ¿Y está aquí? ¿Dónde?

JULIA.– ¿Que dónde? *(Riendo.)* ¡Te vas a reír cuando te lo diga! *(Le habla al oído.)*

MARIANA.– *(Levantándose.)* ¿Es posible?

JULIA.– Como lo oyes.

MARIANA.– Ahora me explico el que...

JULIA.– Luisote lleva tres días sin aparecer por casa, y yo no puedo estar tres días sin ver a Luisote. Conque esta tarde, ni corta ni perezosa, me planté aquí. Luisote se quedó bizco al verme, pero luego se echó a reír, como siempre. Hemos cenado juntos a escondidas, y ya iba a marcharme otra vez a la Prosperidad, cuando, ¡zas! , llegaste tú con el dueño de la casa. Vamos, quiero decir que llegó el dueño de la casa trayéndote a ti. Yo ya sabía por Luisote que tenías relaciones con Fernando Ojeda. Al llegar vosotros, Luisote me metió en ese armario. ¡Chica, qué risa! Y la sorpresa y la alegría que me dio verte aparecer, en brazos, como en el Tenorio... ¿Querrás creerlo? Llevo media hora intentando hablarte sin conseguirlo, porque siempre había alguien contigo...

MARIANA.– ¿Y qué ha venido a hacer tu marido a esta finca?

JULIA.– Un servicio, chica. Pareces tonta. ¡Ah, bueno! Es que no te he dicho que Luisote es agente de Policía...

MARIANA.– Sí, sí; ya me lo has dicho.

JULIA.– ¡Pues entonces! Ha venido a trabajar en un crimen que parece ser que ha habido aquí.

MARIANA.– ¡Un crimen!

JULIA.– ¿Te asusta? ¡Claro! Tú no estás acostumbrada. En cambio, si te hubieras casado con Luisote...

MARIANA.– ¿Qué crimen es ese, Julia?

JULIA.– Creo que una mujer asesinada y enterrada en la finca.

MARIANA.– ¡Oh!

JULIA.– Por lo visto se recibió una carta denunciándolo en la Brigada de Investigación. Bueno; yo no sé de la misa la media, porque Luisote nunca me cuenta nada. Se empeña en que me falta un tornillo. ¡Figúrate! ¡A mí...! Te advierto que al que le falta un tornillo es a él, porque hay días que...

MARIANA.– *(Interrumpiéndola, ansiosa.)* ¡Por favor! Sigue lo que estabas contando.

JULIA.– ¿Lo del crimen? ¡Ah! Pues que parece ser que no se sabe quién y cuándo han matado a esa mujer, ni en qué parte de la finca está enterrada. Pero Luisote me ha dicho que mañana descubrirá el sitio; y así lo sabrá todo.

MARIANA.– ¿Y por qué mañana?

JULIA.– Porque van a traer un perro, que olerá el rastro, y, gracias al perro, ¿comprendes?

MARIANA.– ¡Ah, gracias al perro! *(Con decisión súbita.)* Pues no va a ser mañana, Julia. ¡Va a ser esta misma noche!

JULIA.– ¿Qué?

MARIANA.– *(A* LEONCIO, *que está patidifuso formando grupo con* FERMÍN.) ¡Leoncio!

LEONCIO.– Señorita.

MARIANA.– Vaya a casa inmediatamente y tráigase los perros de mi tía Micaela. Si hace falta, que le ayude Práxedes. Dígaselo al chófer, que está ahí, y utilice el coche grande.

LEONCIO.– Sí, señorita.

MARIANA.– *(A* JULIA.) Y tú ven conmigo.

JULIA.– ¿Adónde?

MARIANA.– Arriba. Me vas a ayudar a vestir. Allí encontrarás a tía Clotilde

JULIA.– ¿Tía Clotilde? ¡Calla, chica! Pues es verdad que antes me pareció oír su voz desde el armario. ¡Qué risa! Nos vamos a reunir aquí toda la familia. *(Inician el mutis por la escalera. Al subir,* JULIA *se encara con* MARIANA *de pronto.)* Por cierto, Mariana, que, al llegar, tuve ya una sensación rara, y ahora vuelvo a tenerla...

MARIANA.– ¿Qué sensación?

JULIA.– Mujer, pues que yo juraría que esta casa la había visto ya antes de ahora...

MARIANA.– ¡Ah! También tú... También tú... *(Se van por el tercero derecha.* FERMÍN *y* LEONCIO *quedan unos instantes en silencio, mirándose de hito en hito.)*

FERMÍN.– ¿Qué hay?

LEONCIO.– Que me he quedado helado.

FERMÍN.– Pues si se acerca usted a mí le parecerá que está caliente. ¿Usted cree que eso del crimen...?

LEONCIO.– Eso del crimen, mirando bien mirada la cosa, pues... ¿por qué no? En fin; yo cumplo órdenes y me voy a buscar los perros... *(Inicia el mutis hacia el tercero izquierda.)*

FERMÍN.– *(Deteniéndole.)* Oiga usted...: ¿le molestaría mucho que yo le acompañase?

LEONCIO.– Hombre, encantado. ¿Es que tiene usted miedo?

FERMÍN.– *(Mirando a su alrededor)* Miedo, lo que se dice miedo...

LEONCIO.– ¡Chis! El criado misterioso... *(Señala al foro izquierda, por donde ha aparecido* DIMAS.)

DIMAS.– *(A los criados.)* ¿Doña Clotilde Briones?

LEONCIO.– Yo no soy.

FERMÍN.– Allá arriba. (DIMAS *se va por la escalera y el tercero derecha. Pero no bien* DIMAS *ha desaparecido por arriba, cuando el propio* DIMAS *vuelve a aparecer por el primero derecha con rumbo al tercero izquierda.* FERMÍN *y* LEONCIO, *al ver esto, tienen que apoyarse uno en otro para no caerse al suelo.)* Leoncio...

LEONCIO.– Fermín... (DIMAS *se va por el tercero izquierda.)* Vámonos ahora mismo, Fermín...

FERMÍN.– Sí... Vámonos. Pero espérese a que pueda echar el paso.

LEONCIO.– No. Si yo tampoco puedo andar todavía... Estoy clavado al suelo.

FERMÍN.– Pues yo tengo remaches. *(En ese instante, por el foro izquierda sale* FERNANDO *dando muestras de una gran agitación y hablando solo.)*

FERNANDO.– ¡Hojas de almendro! ¡Si debí haberlo supuesto! ¡Hojas de almendro!

FERMÍN y LEONCIO.– *(Asombrados.)* ¿Eh?

FERNANDO.– *(Paseándose agitadamente y hablando para su interior.)* ¿Era por eso por lo que me atraían los almendros a mí?

FERMÍN.– El señor...

LEONCIO.– ¿Qué le pasa?

FERMÍN.– Que ya habla solo, Leoncio.

FERNANDO.– ¿Era un instinto secreto lo que me llevaba hacia los almendros del jardín porque en ellos está la clave de todo? ¡Ah! Nos parece que sabemos algo de lo que nos rodea y de nosotros mismos, y no sabemos nada... , ¡nada!

FERMÍN.– Vámonos, Leoncio. *(Inician el mutis por el tercero izquierda.)*

FERNANDO.– *(Saliendo de su abstracción y dándose cuenta de la presencia de ellos.)* ¿Qué hacéis aquí vosotros?

FERMÍN.– Nos ha visto.

FERNANDO.– ¿Qué es eso, Fermín? ¿Has venido a quedarte?

FERMÍN.– Pues... le diré al señor... Este *(Por* LEONCIO.) ha venido a un recado... y ahora... nos íbamos los dos a otro recado, porque...

FERNANDO.– Muy bien. Pues que se marche ése solo al recado que sea. Tú quédate, que llegas muy a tiempo para echarme una mano.

FERMÍN.– Vaya por Dios.

FERNANDO.– Vente conmigo al jardín. *(Va a la puerta del tercero izquierda y la abre)* Vamos a coger dos azadones, que vas a ayudarme a cavar.

FERMÍN.– ¿A cavar? ¿En el jardín?

FERNANDO.– Sí. A cavar, a cavar. Debajo de los almendros.

LEONCIO.– *(Precipitadamente.)* Bueno; yo me largo a lo mío... ¡Con permiso! *(Se va escapado por la abierta puerta del tercero izquierda.)*

FERNANDO.– ¡Anda, Fermín! *(A través del ventanal se ve la luz de los faros.)*

FERMÍN.– Sí, señor; sí, señor. *(Aparte, en el mutis, aterrado.)* Éste busca el cadáver... ¡Y me lo voy a encontrar yo! *(Se va detrás de* FERNANDO *por el tercero izquierda. Por el tercero derecha,* DIMAS, *y detrás de él,* CLOTILDE. *Ambos bajan la escalera.)*

CLOTILDE.– ¡Qué barbaridad! ¡Qué disparate! ¿Y habrá vivido esa criatura los tres años sin salir del armario?... En fin; menos mal que me parece que entre unas cosas y otras, pronto vamos a descubrirlo todo... Oiga usted: ¿don Ezequiel no le ha dicho qué es lo que quiere de mí?

DIMAS.– No, señora. Únicamente puedo decirle a la señora, que al saber que la señora estaba en la casa, se puso muy contento.

CLOTILDE.– Se puso muy contento, ¿eh?

DIMAS.– Y me ha mandado que avisase a la señora, que él salía en seguida para hablar con la señora.

CLOTILDE.– ¡Ah, muy bien! ¿Qué saldría aquí, verdad? Porque yo no me muevo de aquí para hablarle, ¿sabe usted?

DIMAS.– *(A* CLOTILDE.) Como la señora guste.

CLOTILDE.– *(Aparte.)* Me aterra verle, y al mismo tiempo...

DIMAS.– Aquí viene, señora. *(En efecto, en el foro izquierda ha aparecido* EZEQUIEL, *vistiendo la bata blanca con que antes hizo mutis.)*

EZEQUIEL.– *(Avanzando hacia* CLOTILDE.) ¡Clotilde!

CLOTILDE.– *(Retrocediendo un paso.)* Hola, Ezequiel. Buenas noches.

DIMAS.– ¿Me necesita para algo el señor?

EZEQUIEL.– Sí. Vete ahí dentro a vigilar a... ¡Ya sabes! *(Señala al foro izquierda.)*

DIMAS.– Sí, señor.

EZEQUIEL.– Y me compruebas exactamente, reloj en mano, el tiempo que... ¿Comprendes?

DIMAS.– El tiempo que tarda en morirse, sí, señor.

EZEQUIEL.– *(Comiéndoselo con los ojos y cogiendo de la mesa el hacha barómetro, con la que le amenaza.)* ¿Eh? ¡Dimas!

DIMAS.– Perdón, señor. No me había dado cuenta de... Perdón, señor. *(Se va.)*

EZEQUIEL.– *(Mirándole irse; con ira.)* ¡Viejo imprudente!

CLOTILDE.– *(Retrocediendo otro paso. Aparte.)* ¡Dios mío!

EZEQUIEL.– *(Cambiando de tono, a* CLOTILDE, *y siempre con el hacha-barómetro enarbolada.)* Por supuesto, que para usted no debía yo tener secretos, Clotilde. (CLOTILDE *le mira con los ojos muy abiertos.)* Al fin y al cabo, si interrumpo lo que estoy haciendo, aparte del gusto que siento siempre al verla, es para hablarle de cosas bien graves... Porque hay una vieja historia que me roe por dentro; necesito desahogarme con alguien, y fuera de usted no sé quién pueda ser ese alguien.

CLOTILDE.– *(Cada vez más asustada por su actitud y por el hacha-barómetro.)* Ezequiel...

EZEQUIEL.– A Fernando no puedo decírselo, y eso que bien de veces me ha abordado él para que lo hiciera; esta noche mismo, hace un rato, todavía ha vuelto a apremiarme en ese sentido. Pero, al enterarse de todo ello, me temo mucho que Fernando huyese de esta casa horrorizado.

CLOTILDE.– ¿Qué huyese horrorizado?

EZEQUIEL.– Sí. Se halla hace tiempo en un estado de nervios imposible. Ni el haber traído aquí a Mariana ha servido para calmarle. Claro; los jóvenes no pueden tener la dureza para al sentimiento que tiene uno... (EZEQUIEL *juguetea con el hacha-barómetro y* CLOTILDE *deja escapar un grito de miedo.)* Por cierto que le pido perdón a usted, como persona de representación de la muchacha, por la parte que me afecta del rapto; yo le proporcioné a Fernando el cloroformo, aunque lo hice con la mejor intención. Pero siéntese, Clotilde, y no se asuste de antemano. *(Se sienta.)* Por el contrario, le ruego que se revista de valor para oírme. *(Se repite el juego del hacha-barómetro y del susto).*

CLOTILDE.– Vengo bien revestida de valor, Ezequiel; vengo bien revestida. Ya había sospechado yo que en usted estaba la clave de los sufrimientos de Fernando, porque él es incapaz de matar una mosca. Y lo que Mariana cree son puras fantasías.

EZEQUIEL.– Sí. Fernando es un infeliz.

CLOTILDE.– Pero su actitud conmigo ahora le redime a usted algo de su monstruosa conducta.

EZEQUIEL.– Hombre, monstruosa. Tanto como monstruosa...

CLOTILDE.– Monstruosa, Ezequiel. Y cuanto más diga usted interesarse por mí, más monstruosa resulta su conducta.

EZEQUIEL.– Las mujeres, siempre tan extremadas... Reconozco, lealmente, que, en efecto, yo le debía haber hablado a usted antes del asunto... Pero no me atrevía, Clotilde. ¡No me atrevía!

CLOTILDE.– Lo creo; no necesita usted jurármelo. ¡En fin! Desde el momento en que es capaz de confesarme sus secretos; esos secretos..., ¿cómo diremos, ya que la cosa se ha repetido varias veces?..., esos secretos... profesionales...

EZEQUIEL.– Los profesionales y los particulares, Clotilde. Y me agrada que me considere usted como un profesional del rajen y del pinchen...

CLOTILDE.– ¡Ah! ¿Le agrada a usted?

EZEQUIEL.– Sí. Porque yo lo hago por pura afición...

CLOTILDE.– ¡Qué cosas hay que oír!

EZEQUIEL.– Pero lo hago con tanta limpieza como el que más.

CLOTILDE.– ¡Por favor, Ezequiel! No hable usted así.

EZEQUIEL.– Bueno; no hablaré. Efectivamente, está feo que yo hable así de mí mismo...

CLOTILDE.– Decía que desde el momento que usted es capaz de confesarme sus secretos, eso revela, al menos, que tiene confianza en mí y en mi discreción. Una confianza ¡muy grande!

EZEQUIEL.– Ciega, Clotilde.

CLOTILDE.– Ya lo veo. *(Después de una pausa. Solemnemente.)* Así pues, Ezequiel Ojeda, lo de Juanita y lo de Felisa y lo de tantas otras, ¿es verdad?

EZEQUIEL.– ¡Ah pícara! Siempre creí que había leído usted algo del cuadernillo... Pues bien, ¡sí! Es verdad.

CLOTILDE.– ¡Es verdad! Y se diría que lo declara usted con satisfacción...

EZEQUIEL.– Lo declaro con orgullo. Y el día que lo sepa todo el mundo, la Humanidad no olvidará fácilmente mi nombre.

CLOTILDE.– ¡A lo que puede llegar la vanidad!...

EZEQUIEL.– Sí. En todo ponemos vanidad: en lo bueno y en lo malo. Pero usted es la primera persona que se entera, y yo se lo suplico: no lo divulgue usted. Tengamos ese secreto a medias. Me interesa usted tanto, que siento una especie de voluptuosidad al entregarme así en sus manos. Porque si hasta ahora se lo he ocultado a todos, incluso a usted, era para que no empezaran a decir por ahí que estaba loco.

CLOTILDE.– Y para no dar en una cárcel, supongo.

EZEQUIEL.– Pues no anda usted descaminada, porque en este oficio los profesionales tiran a matar a los que no somos más que aficionados.

CLOTILDE.– ¡Pero también los profesionales van a la cárcel!

EZEQUIEL.– *(Escéptico.)* Pocas veces. Tienen que hacerlo muy mal para eso... ¡Y aun así! Se les quedan muchas gentes en las manos; pero como los muertos no hablan...

CLOTILDE.– ¿Negará usted que muchos han ido a parar al patíbulo?

EZEQUIEL.– No recuerdo en este momento más que un caso; en Inglaterra, en el siglo dieciocho, y para eso era un tocólogo, a quien se le descubrió que había matado a tres de sus clientes.

CLOTILDE.– ¿Y Landrú?

EZEQUIEL.– Pero Landrú era un asesino vulgar que no tenía nada que ver con lo nuestro.

CLOTILDE.– Landrú era igual que usted.

EZEQUIEL.– ¿Verdad que nos parecemos? Siempre me lo han dicho...

CLOTILDE.– ¿ Quiénes?

EZEQUIEL.– La gente, los amigos...

CLOTILDE.– Pero ¿no dice usted que no lo sabe nadie?

EZEQUIEL.– Caramba, eso no hay que saberlo ni no saberlo. Salta a la vista.

CLOTILDE.– *(Aparte.)* Este hombre rige tan mal como yo me temía. *(Por el foro izquierda aparece* DIMAS.)

DIMAS.– Señor...

EZEQUIEL.– ¿Qué?

DIMAS.– *(Sin atreverse a hablar por miedo a meter otra vez la pata.)* Pues... Que...

EZEQUIEL.– Habla. Habla sin miedo. Acabo de contárselo todo a la señora y puedes decir lo que sea. ¿Qué? ¿Se ha muerto?

DIMAS.– Sí, señor. A los nueve minutos.

EZEQUIEL.– Pues ya sabes; ahora, a despellejarla con mucho cuidadito.

DIMAS.– Sí, señor. *(Se va por el foro izquierda otra vez.)*

CLOTILDE.– *(Levantándose, sin poder aguantar más.)* ¡Esto ya no!

EZEQUIEL.– *(Levantándose también.)* Clotilde...

CLOTILDE.– ¡Esto ya no lo resisto, y lo voy a decir a gritos, y a...!

EZEQUIEL.– *(Cortándola.)* Pero, Clotilde, cálmese. ¿A qué viene eso?

CLOTILDE.– ¡Quitarles la piel!

EZEQUIEL.– Pero ¿cómo no voy a quitarles la piel? El móvil que me impulsa a obrar así, lo que yo persigo día y noche ahí encerrado *(El foro izquierda.)* es acabar con la pelagra.

CLOTILDE.– ¿Y ésa quién es, alguna bailarina?

EZEQUIEL.– *(Riendo.)* ¡Una bailarina! ¡La pelagra una bailarina! No, por Dios... La pelagra no es una bailarina. La pelagra es...

CLOTILDE.– *(Interrumpiéndole, llena de dignidad.)* ¡Ezequiel! No me interesa saber a qué se dedican las mujeres de su especialidad... Pero sí le aseguro que no seré una de tantas. Y que, por mucha influencia que usted ejerza sobre mí, ¡yo no llevaré el camino de Juanita ni de Felisa!

EZEQUIEL.– Pero ¿qué está usted diciendo?

CLOTILDE.– ¿Va usted a negar que pensaba hacer conmigo lo que con ellas?

EZEQUIEL.– ¿Hacer con usted lo que con ellas? *(Aparte.)* ¡Vaya! Ya salieron los Briones. Me extrañaba a mí oírle hablar acorde tanto tiempo... *(Por el tercero izquierda,* DIMAS.)

DIMAS.– *(Avanzando hacia* EZEQUIEL.) Señor...

EZEQUIEL.– Hola, amigo Perea.

CLOTILDE.– ¿Perea?

EZEQUIEL.– Permítame que le presente y que le descubra por una sola vez. Pero para esta señora no tengo secretos. Doña Clotilde Briones. Don Luis Perea, agente de Policía.

DIMAS.– Yo ya tengo el gusto de conocerla. Señora...

CLOTILDE.– *(Estupefacta.)* Pero ¿no es Dimas?

EZEQUIEL.– No. Dimas es el que está ahí dentro. *(El foro izquierda.)* Este es el señor Perea, que, para trabajar con más facilidad, lleva unos días caracterizado de Dimas, como consecuencia de una carta que yo envié a la Brigada de Investigación.

CLOTILDE.– *(A* DIMAS.) Oigame... Lo que es usted, es un enfermo de Esquerdo, ¿verdad?

DIMAS.– No, señora. Soy el agente Perea, en efecto. Y estoy aquí para esclarecer, a ruegos del señor Ojeda, el asunto de la mujer asesinada.

EZEQUIEL.– Que era, justamente, de lo que yo me proponía hablarle a usted, Clotilde.

CLOTILDE.– ¿Usted ha avisado a la Policía para que descubran lo relativo a una mujer asesinada aquí?

EZEQUIEL.– Sí.

CLOTILDE.– *(Aparte.)* ¡Qué audacia! *(Bajo, a* EZEQUIEL.) Claro que a esa mujer no la habrá matado usted...

EZEQUIEL.– ¿Yo? ¿Que si la he matado yo? ¿Iba yo a cometer una barbaridad semejante?

CLOTILDE.– ¡Ah! Parece que vemos la paja en el ojo ajeno, ¿eh?

DIMAS.– *(A* EZEQUIEL, *aparte.)* ¿Qué dice?

EZEQUIEL.– *(Haciendo un ademán de chaladura)* No olvide usted que se llama Briones. Clotilde Briones.

DIMAS.– ¡Ah, ya, ya! Comprendido.

CLOTILDE.– *(Hablando consigo misma, pero en voz alta.)* Entonces... ¿Efectivamente, el que ha matado a esa mujer ha sido Fernando?...

DIMAS.– *(Asombrado por lo que dice* CLOTILDE.) ¿Eh?

EZEQUIEL.– *(A* DIMAS, *señalando a* CLOTILDE.) ¿Ve usted?

CLOTILDE.– Y, naturalmente, ahora conviene más que nunca que Mariana se presente a él vestida con el traje roto...

EZEQUIEL.– *(A* DIMAS, *repitiendo e! juego de antes.)* Fíjese si no es una pena, porque, por lo demás, es una mujer de mucho atractivo...

CLOTILDE.– *(Iniciando el mutis por la escalera.)* Voy a decirle que se dé prisa. *(A* EZEQUIEL *y a* DIMAS.) Ustedes me comprenden, ¿verdad?

EZEQUIEL.– Sí, Sí...

DIMAS.– Sí, sí; ya lo creo. (CLOTILDE *se va por el tercero derecha.)* Caso perdido, Ojeda; conozco el paño. ¡Ah! ¡Ahí están ya! *(A través del ventanal se filtran, como siempre, las luces de unos faros de automóvil y se oye el ruido de un motor, que cesa pronto.)*

EZEQUIEL.– ¿Quiénes?

DIMAS.– Los perros. Creo que no tardaremos en triunfar. Porque yo pensaba que me trajeran mañana un perro para encontrar el rastro de la asesinada; pero mi cuñada hace un rato que ha mandado buscar dos de su casa, y acaban de llegar.

EZEQUIEL.– Oiga usted: ¿quién es su cuñada?

DIMAS.– La hermana de mi mujer.

EZEQUIEL.– Ya lo supongo; pero digo que quién.

DIMAS.– La novia de Fernando.

EZEQUIEL.– ¿La novia de Fernando?

DIMAS.– Y a Fernando ya le he dicho que se deje de cavar al pie de los almendros, y que entre aquí. *(Ha ido a la puerta del tercero izquierda, abriéndola. Entra* FERNANDO *rápidamente. Viene con evidentes manchas de barro en el traje.)*

FERNANDO.– ¡Vienen ellos también!

DIMAS.– ¿Ellos?

EZEQUIEL.– ¿ Quiénes?

FERNANDO.– La tía Micaela y el padre de Mariana.

EZEQUIEL.– ¿Edgardo también viene? No es posible... *(Por el tercero izquierda,* LEONCIO.)

LEONCIO.– *(A* EZEQUIEL.) Sí, señor, sí. ¿No ve el señor que ya se había apeado en Ávila? Doña Micaela dijo que donde fueran los perros iba ella, y al señor, al saber que venía aquí doña Micaela, le entraron un temblor y una excitación enormes. Se opuso a que doña Micaela viniera, y por fin, en vista de que no lo conseguía, se unió a la expedición.

DIMAS.– ¡Vamos, señores! *(A* EZEQUIEL *y* FERNANDO.) Estoy deseando poner a trabajar a los perros... *(Se va a la carrera por el tercero izquierda, seguido de* EZEQUIEL *y* FERNANDO. *Al salir, se cruzan con* FERMÍN, *que entra, todo manchado de barro y limpiándose el sudor con un pañuelo.)*

LEONCIO.– *(A* FERMÍN.) Pero ¿ha visto usted con qué agilidad corre ahora el criado misterioso? ¿Qué explicación tiene eso?

FERMÍN.– Yo ya no le busco explicación a nada... ¡El rato que he pasado, Leoncio! El rato que he pasado dándole al azadón y esperando que de un momento a otro apareciese..., apareciese el...

LEONCIO.– Amigo, haga usted el favor de callarse..., que luego sueña uno por las noches.

FERMÍN.– ¡Y me quejaba yo de la otra casa!...

MICAELA.– *(Dentro.)* ¡Este jardín! ¡Este jardín!

EDGARDO.– *(Dentro.)* ¡Calla, calla, Micaela!

LEONCIO.– Ahí están ya.

(Por el tercero izquierda aparecen EDGARDO, MICAELA, EZEQUIEL, FERNANDO *y* DIMAS. MICAELA *viene en una actitud delirante, semejante a la que tenía en el primer acto cuando vio por primera vez a* FERNANDO. EDGARDO, *muy pálido y viviendo evidentemente unos momentos angustiosos, la trae cogida por el talle y se afana por calmarla con visible inquietud.* DIMAS *observa a* EDGARDO *y a* MICAELA *constantemente y no les quita ojo.)*

MICAELA.– *(Examinando con los ojos muy abiertos la habitación.)* ¡Y esta casa! ¿Por qué venimos otra vez a esta casa?

EDGARDO.– ¿Lo ves? Te excitas... Si no debemos entrar. Anda, vámonos, Micaela. *(Intenta llevársela.)*

MICAELA.– *(Forcejeando.)* ¡No, no! ¡Irme, no! ¡Quiero estar aquí!

EDGARDO.– Pero…

MICAELA.– ¡¡Déjame!! *(Se sienta en el sofá.)* Quiero quedarme a vivir aquí, como antes, como entonces...

FERNANDO.– *(Acercándose a* EDGARDO *y mirándole con dureza.)* ¿Puede usted explicarme qué es lo que dice esta señora?

EDGARDO.– *(Irritado.)* No dice nada joven. Delira. ¿Ignora usted que está enferma y que no sabe lo que habla?

FERNANDO.– Es que tengo motivos para creer que en este momento no delira.

DIMAS.– *(Interviniendo.)* También yo tengo motivos para creerlo.

EDGARDO.– *(Furioso.)* ¿Y a ti quién te mete en esto, Dimas?

DIMAS.– Yo no soy Dimas, caballero. Pero ¿por qué conocía usted a Dimas? ¿Eh? ¿Por qué conocía a Dimas?

EDGARDO.– No es ningún secreto. He vivido en esta casa; la tuve alquilada una temporada, en otros tiempos. Se la alquilé al padre de este joven. *(Por* FERNANDO.)

FERNANDO.– *(A* EZEQUIEL.) ¿Es verdad eso?

EZEQUIEL.– Sí. Tú estabas entonces en Bélgica estudiando.

FERNANDO.– ¡Bien sabía que me ocultabas algo, tío Ezequiel!

EDGARDO.– Por eso ella *(Por* MICAELA.) reconoce la finca.

FERNANDO.– Y por eso la reconoció Mariana.

DIMAS.– Y la ha reconocido mi mujer.

EDGARDO.– Pues ¿quién es la mujer de usted?

DIMAS.– Julita Briones, caballero.

EDGARDO.– ¿Qué dice este hombre? ¿Está usted loco? ¿Mi hija Julia?

FERNANDO.– ¿Cómo es posible?

LEONCIO.– *(Aparte, a* FERMÍN.) ¡Fermín de mi corazón!

FERMÍN.– No me diga usted nada, Leoncio; no me diga usted nada. *(Entre tanto,* DIMAS *ha ido hacia el armario, abriéndolo y mirando dentro.)*

LEONCIO.– Pues debe de tener razón, porque la busca en el armario. (DIMAS, *al abrirlo y ver que está vacío, llama a voces.)*

DIMAS.– ¡Julia! ¡Julia!

FERMÍN.– Éste es Luisote, el de la Prosperidad. Y lo que ocurre es que hay dos Dimas.

DIMAS.– ¡Julia!

JULIA.– *(Apareciendo por el tercero derecha con* CLOTILDE *y bajando las escaleras.)* ¿Qué pasa, qué pasa? Luisote, hijo, eres de algodón pólvora... *(Al ver a* EDGARDO.) ¡Papaíto! ¡Chico! ¡Qué sorpresa! *(Besándole.)* ¿A que no contabas con encontrarme aquí esta noche al cabo de tres años?

EDGARDO.– ¡Julia! Julia...

JULIA.– ¡Y la tía Micaela! ¡Qué risa! Reunión en Viena. Ya está completa toda la familia... *(Besa a* MICAELA.) ¡Tiíta!

MICAELA.– Niña... Julita... ¿Dónde has estado metida estos días?

FERMÍN.– ¿Ha oído usted? ¡Estos días!

LEONCIO.– La de los perros tiene una cabeza que es un «carroussel».

CLOTILDE.– *(A* EZEQUIEL *y a* DIMAS.) Llegó el momento. ¡Atención! Ahora es cuando vamos a desenmascarar a Fernando.

EZEQUIEL.– ¿Qué?

DIMAS.– ¿Qué?

CLOTILDE.– Ahí baja Mariana con el traje de la alacena. *(En efecto, por el tercero derecha aparece* MARIANA, *vestida con el traje Imperio y avanza lentamente por la galería. Todos miran hacia allí y hay un silencio.)*

EZEQUIEL.– Pero ¿a qué viene esto?

FERNANDO.– *(Al verla.)* ¡Ella!

EDGARDO.– *(Al verla.)* ¡Dios poderoso!

MICAELA.– *(Viéndola y dando un alarido.)* ¡Eloísa! ¡Eloísa!

TODOS.– ¿Eh?

MARIANA.– ¿Cómo? *(Baja vertiginosamente y va hacia* MICAELA.)

EDGARDO.– *(Poniéndose de un salto a lado de* MICAELA.) ¡No es Eloísa. Micaela, no es Eloísa! Es Mariana, que se parece a ella.

MICAELA.– ¡No! ¡No! ¡Es ella! ¡Es ella! Perdón... Perdón... *(Intenta arrodillarse delante de* MARIANA.)

EDGARDO.– *(Sujetándola e impidiéndolo.)* ¡Fuera! ¡Fuera!

MARIANA.– ¡Tía Micaela! ¿Qué dices?

EDGARDO.– ¡Nada! ¡Llévensela de aquí! ¡Fermín! ¡Lleváosla! ¡Lleváosla!

FERMÍN.– Sí, señor...

LEONCIO.– Sí, señor... *(Se llevan a* MICAELA *por el foro izquierda.)*

MICAELA.– *(En el mutis.)* Es Eloísa... Es Eloísa... *(Se van.)*

MARIANA.– *(A* EDGARDO.) Pero nombró a mamá...

JULIA.– ¿No hablaba de mamá?

EDGARDO.– *(Dejándose caer abrumado en un sillón.)* Sí. Hablaba de vuestra madre. *(Todos le rodean.)*

DIMAS.– *(Sacando del bolsillo el cuchillo que se guardó y poniéndolo en la mesa delante de* EDGARDO.) Aquí está el cuchillo, encontrado hoy junto al traje. ¿Quién la mató? ¿Ella o usted?

EDGARDO.– Ella... Ella...

MARIANA.– *(Estallando en sollozos.)* ¡Mamá! *(Cae llorando en un sillón.)*

FERNANDO.– *(Acudiendo a ella.)* Mariana.

JULIA.– *(Abrazándose a* CLOTILDE.) Tía Clotilde...

CLOTILDE.– Llora, llora... En buen día has ido a aparecer, hija mía.

DIMAS.– *(A* EDGARDO.) Explique usted. ¿Estaba ya loca o la volvió loca el crimen?

EDGARDO.– Lo estaba ya. Lo estuvo siempre; y yo había jurado a mis padres velar por ella y no recluirla nunca. Entonces las niñas eran muy pequeñas, y tú *(Por* CLOTILDE.) aún no habías venido a España. Vivíamos aquí, y algunas tardes nos visitaba el dueño de la casa, Federico Ojeda, con el que teníamos una amistad antigua Eloísa y yo. La obsesión de Micaela entonces era la de suponer entre aquellos dos seres nobilísimos un trato culpable. Una noche estábamos invitados a un baile de trajes, y al ir a salir, en esa puerta del jardín *(El tercero izquierda)*, nos alcanzó por detrás Micaela; y sin palabras previas y sin que me diera tiempo a evitarlo...

FERNANDO.– ¡Qué horror!

EDGARDO.– Antes del amanecer, para dejarlo todo en la impunidad, di tierra a Eloísa debajo del almendro, donde ella solía sentarse a bordar y donde una tarde había pintado yo su retrato.

DIMAS.– *(Cogiendo el retrato de encima de la mesa.)* ¿Este?

EDGARDO.– Ese. Años más tarde encontré un placer doloroso en hacerle a Mariana otro igual, que todavía guardo entre mis cosas íntimas. Escondí el traje y su caja de música preferida. Oculté en otro lado las prendas manchadas de sangre y abandoné esta casa con las niñas. Tú *(A* CLOTILDE.) pudiste haber rehecho mi alma, pero no quisiste, y caí en una pasión de ánimo en la que aún vivo. Ojeda no supo nunca la verdad, pero la sospechó siempre. Y al año se mató. De que jamás había pasado por ellos una sombra de culpa, estoy seguro. De que él la amó, también.

FERNANDO.– *(A* MARIANA.) Como yo a ti.

MARIANA.– ¿Y no es ella la que, desde esa tumba que florece todas las primaveras, nos ha empujado el uno hacia el otro, Fernando?

DIMAS.– *(A* EDGARDO.) Mañana presentaré el informe de mi actuación aquí.

EDGARDO.– ¿Y qué dirá usted?

DIMAS.– Que no hubo tal mujer asesinada. Pero a la enferma hay que recluirla.

JULIA.– *(Abrazándole.)* Luisote: eres el hombre más guapo del mundo. *(Dentro se oye un gran ruido y por el foro izquierda aparece* FERMÍN *a todo correr.)*

FERMÍN.– ¡Los perros y los gatos! ¡Los gatos y los perros!

EZEQUIEL.– ¿Eh?

FERMÍN.– *(A* EZEQUIEL.) ¡Qué han entrado los perros y se han liado con los gatos! ¡Y a los que aún están vivos los van a matar antes que los mate el señor!

EZEQUIEL.– ¡Pronto! Sujetad a esos perros. ¡Mi Pepita! ¡Mi Antonia! (FERMÍN *se va por el foro izquierda de nuevo.)*

CLOTILDE.– Pero ¿es qué son gatos lo que usted mata?

EZEQUIEL.– Pues ¿qué quería usted que fuesen?

CLOTILDE.– ¿Y es a ellos a los que quita usted la piel?

EZEQUIEL.– Naturalmente.

CLOTILDE.– *(Mirándole con desprecio.)* ¡Pelagatos!

EZEQUIEL.– ¿Eh? (CLOTILDE *va a consolar a* EDGARDO, *sentándose a su lado.*)

TELÓN

Made in the USA
Coppell, TX
30 December 2021